KB242933

나의 동그라미였던,

나의 동그라미였던,

나의 동그라미였던,

안영희

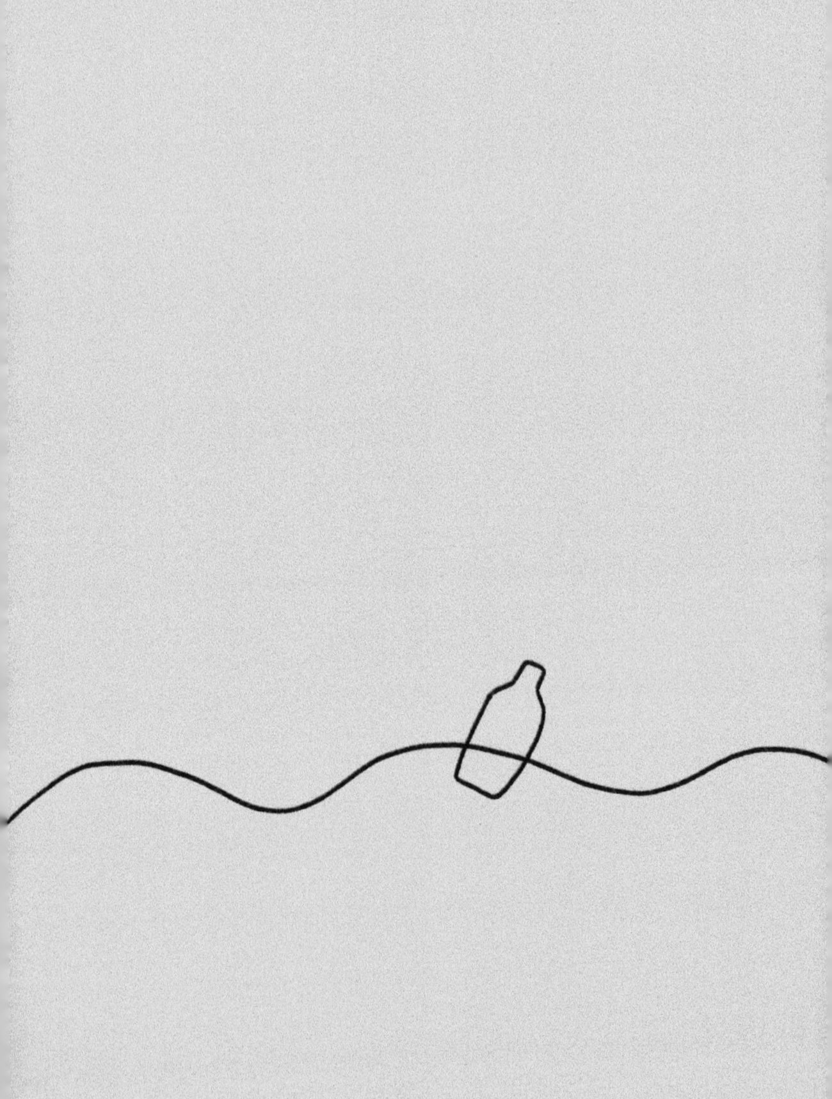

당신에게 _prologue

안녕하신지요?

당신을 언젠가 꼭 만나고 싶다고 마음속에 꽁꽁
담아두고만 있었는데 이렇게 예상보다 일찍 당신
을 만나게 될 줄 몰랐어요.
당신을 만나면 하고픈 말이 참 많았는데 막상 마
주하니 어떤 말을 당신에게 건넬까 고르느라 아
무 말도 못 할 것 같네요.

당신이 나를 어떻게 생각할까 생각하면 걱정이
앞섰어요.
모두가 나를 사랑할 수 없다는 사실을 알지만 그
사실을 상기할수록 당신이 나를 사랑하지 않는다
는 말이 되는 것 같아서 초라해지고 말았죠. 당
신에게 오래도록 사랑받고 싶었나 봐요.

나의 마음 구석에서 혼자만 두고 보던 이야기들을 당신 앞에 쉬이 내놓기가 많이 부끄럽고 두려워요. 혹여 나의 언어가 당신을 아프게 하지는 않을까 섣부른 걱정을 가득 붙잡고 당신을 만나러 왔습니다.
이 작고 가벼운 존재를 통해서 어떻게든 세상에 자그마한 쓸모가 되고 싶었어요. 괜히 나무의 쓸모만 해치는 글은 아니길 감히 바랍니다.

나의 마음이 당신의 인생의 어느 한 지점에 민들레 홀씨처럼 사뿐히 내려앉기를 바라요. 부담 없는 사뿐한 가벼움으로 당신의 마음에 뿌리 내리고 싶어요. 잠시나마 당신의 곁이 되어 소근히 머무르겠어요.

낭만을 잃지 않은 운명을 믿습니다.
얼렁뚱땅 뚱딴지같이 가차 없고 비정한 세상에서 우리를 다시 일으켜 세우는 것은 그런 낭만이라고 생각하니까요. 그래서 막연하게 넓은 바다에 툭 던진 유리병에 담긴 편지 같은 이 편지가 당신에게 닿은 데엔 그만한 이유가 있을 거라고 믿어요.

이제야 당신에게 전하고 싶은 말들을 고르고 골라 마음을 드립니다.

그토록 오래 기다려온 당신에게 사랑을 담아.

이제야 당신에게 전하고 싶은 말들을
고르고 골라 마음을 드립니다.

그토록 오래 기다려온 당신에게 사랑을 담아.

목차

무엇에게

편지를 쓰겠다고 마음을 먹었으면서도 이게 너에게 닿을까 모르겠네.

너는 정말로 존재할까? 사실 나는 너를 믿고 싶었던 것 같아. 니가 없다고 생각하면 세상에 너무 낭만이 없잖아. 낭만 그 하찮고 뜬구름 잡는 것이 마음 한편에 있다는 이유만으로도 팍팍하고 구질구질한 세상을 기대하며 살게 된다고 생각하는데 너의 존재가 그걸 가능하게 해.

그런데 오래도록 나는 너를 좋아하는 마음을 어쩔 줄 몰라서 오히려 짓궂게 놀려대고야 마는 초등학생처럼 너 같은 건 없다고, 너 따위는 안 믿는다고 스스로를 속이려 했던 것 같아.

세상에 모든 것이 변하니까. 변하지 않는 건 변하지 않기를 바라는 내 마음뿐이라고 하기도 하던데 그것도 또 모르지. 언젠가는 다 변하기를 바랄지도.

너의 그 천진한 낭만이 부러웠어.

나는 영영 가질 수 없을 몽환적인 아름다움.

찰나로 흘러가 버리는 허망함을 소중하게 꽉 붙들어 줄 것만 같은 아름다움을 넌 가지고 있잖아. 시간의 흐름은 늘 같을 텐데, 언제든 너를 떠올리면 눈앞에 보이는 황홀한 순간이 멈춘 것처럼 언제나 그 속에서 존재할 수 있을 것만 같은 마음을 가능하게 해. 글로 쓰고 보니 또 부럽다.

믿고 싶게 하면서도 또 닿을 수 없는 너를 나는 짝사랑하나 봐. 이제야 생각해보니 너를 짝사랑하는 내 마음 하나는 영영 변하지 않을 것 같기도 하네.

니가 세상에 존재했으면 해.

찰나를 오래도록 보고 또 보고 질리도록 봤는데도 또 다른 이유로 사랑하게 되도록.

꼭 그렇게 존재해서 가끔은 너도 나를 사랑해줘.

나를 순간 속에 가두어서 빠져나오지 못하게 해줘.

니가 세상에 존재했으면 해.
찰나를 오래도록 보고 또 보고 질리도록 봤는데도
또 다른 이유로 사랑하게 되도록.

— 영원에게

우리 언제 만났었더라?

아, 그때였지?
너를 마주치면 언제나 너를 기억하게 하는 그 시
간 속으로 순식간에 나를 데려가.

온전히 가질 수도, 만질 수도 없는 너라서 더 강
렬하게 기억하는 걸지도 모르겠어.

너는 예고 없이 훅 찾아오는 바람 같은 거라서
너를 지나치면 바로 고개를 돌려 휙 뒤돌아보게
하는 마력을 가지고 있어.

너를 스치면 니가 궁금하고 알고 싶고 갖고 싶
어지지. 닮고 싶은 분위기를 한 순간에 강렬하게
뿜어내는 니가 부러워. 나는 대체로 무색무취의
아무개일 테니까.

너의 힘을 빌려 나는 오늘도 되고 싶은 나의 분
위기로 한발자국 가까워져.

순간을 영원으로 데려가는 마법 같은 너를 나는
자주 만나러 갈 거야.

— 향기에게

너는 이름부터 어떻게 그렇게 동그랗고 사랑스러
울까.

따뜻하고 무해하게 시작해서 동그랗게 감싸주는
게 이름만으로도 완벽하게 따사로운 니가 있어서
다행이야.

세상에는 말로는 다 설명할 수 없고 이해할 수
없는 것들이 있잖아.
그렇게 복잡한 마음에 괴로울 때 누군가에게 안
기면 표현할 수 없는 것들이 두 팔에 모여 온기
로 전해져서 기어이 몸이 겹쳐진 그 찰나에는 다
이해하고야 말 것 같아. 이렇게 외로운 세상에서
그런 순간은 정말 특별하지.

혼자서는 나와 똑 닮은 온기를 온 육체로 느낄
수 있는 경우가 없잖아. 니가 있어야만 비로소
머리부터 발끝까지 전해지는 온전하고 정직한 체

온이 마음까지 따뜻하게 데워줘. 적당히 따뜻한 온도로 데워진 욕조에 몸을 맡긴 듯한 시름없는 나른함과 닮은 너를 나는 언제나 사랑하고 말지.

가까워진 거리 탓에 상대의 목소리가 기분 좋게 내 귀를 간지럽히며 흘러들어오면 같은 언어라도 짜릿하고 소근하게 전해지는 듯해서 신비로워.

사랑의 장면에서는 특히 니가 빠지면 섭섭하지. 애인과 침대에 누워 평온하고 나른한 주말 아침을 맞을 때 몸을 돌리고 팔을 뻗어 안아달라고 하는 순간을 나는 참 좋아해. 더 세게 안아달라며 포옥 안길 때 숨이 막히도록 몸통이 쪼이게 터질 듯이 안아주는 품에서 이 세상에 그 이외에 아무것도 존재하지 않고 모든 것이 멈춘 듯하잖아. 나는 멈춘 듯한 순간들을 놓치지 않고 기억해놓거든. 너 덕분에 그와 나, 순수한 존재로서의 만족감을 느끼고야 말아.

사랑하는 사람의 품 안에 온전히 속하는 것만큼

더 사랑이 담뿍한 일이 있을까. 완전한 충만함에 이어서 전기가 통하는 듯 찌르르 힘이 풀릴 때의 해방감을 느끼는 것까지 너는 완벽한 사랑의 감촉이야.

너는 완벽하게 살아있게 하는 나의 안식처야.

너는 이름부터 어떻게 그렇게
둥그랗고 사랑스러울까.

시름없는 나른함을 닮은 너를
나는 언제나 사랑하고 말지.

— 포옹에게

누군가와 너에 대해서 이야기할 때면 나는 자꾸 너를 들키지 않으려고 움츠러들게 돼. 너를 좋아하는 마음을 어떻게 스스럼없이 드러낼 수 있을까? 너는 그런 대접 받을 애가 아닌데 너무 홀대했나 싶어 미안해지네.

너를 좋아한다고 하면 너로 내가 판단될까 봐 목구멍을 넘어 올라온 말을 사탕처럼 입 안에서만 빙빙 녹이다가 다시 꿀꺽 삼키고만 말아. 분명히 너는 내가 소중히 생각하는 것인데도 그래. 그건 아마 너를 좋아하는 마음보다 내 앞에 날 판단할 사람을 더 좋아하거나 신경 쓰기 때문이겠지?

그래도 너무 섭섭해하지는 마.
너를 좋아하는 나의 방식은 늘 그랬왔거든. 나의 너는 늘 남에게 빌려왔던 것 같아. 근데 그게 내가 너를 좋아하는 가장 큰 이유야. 너를 마주할 때는 내가 사랑하는 사람들을 떠오르게 하니까.

내가 사랑하는 사람들의 것들을 기꺼이 나의 것
이 되게 하니까.

언젠가는 나만의 너를 찾게 되길 바라.
온전한 나의 너를 가진 기분은 어떨까?
그때도 너의 이야기를 하지 않는다면 아마도 그
건 니가 너무 소중해져서 오로지 나의 것이기만
했으면 해서일 거야. 꽁꽁 숨겨두고 비밀스럽게
혼자만 열어보고 싶은 것이어서.

온전한 너를 찾기 위해서 세상을 더 자유롭게 부
유해볼게.
너를 만나기 위해 나는 모든 것을 더 많이 사랑
하고 기억하게 될 거야.

꼭 그렇게 만나자 우리.

— 취향에게

니가 있어서 얼마나 다행인지 몰라.

전하고 싶은 깊은 마음속 이야기는 니가 없었다면 영영 전해지지 못했겠지. 특히 나처럼 장난기 섞인 웃음 뒤에 진심을 자주 숨겨두고 꺼내지 못하는 사람에게는 더더욱 너의 존재가 소중해. 너의 뒤에 숨어서 나의 진심을 건넬 수 있어서 정말 다행이야.

기쁜 날엔 밤하늘에 피어오르는 불꽃놀이가 되고, 슬픈 날엔 겨울밤의 따뜻한 핫초코가 되고, 아무 날도 아닌 날엔 예고 없이 만난 무지개가 되는 너라서 좋아.

오로지 나를 위한 시간을 들여서 적당한 좋은 말을 고르고 골라 닿기까지의 마음을 생각하면 이 한낱 글자들이 얼마나 당연하지 않은 특별한 것인지 몰라. 나에게 전해진 마음을 곁에 두고 몇

번이나 다시 열어보고 또 덮어두고, 누군가가 그
리워질 때면 다시 또 너의 흔적을 더듬거리는 시
간들은 바스락거리는 가을의 낙엽을 밟는 낭만
같아.

마음을 꾹꾹 눌러 담은 니가 있어서 우리는 더
단단해지고 더 사랑할 수 있게 돼. 가벼운 너의
무게에 형용할 수 없이 담긴 사랑을 가득 끌어안
아.

너가 있어서 나는 이렇게 또 새로운 무언가가 되
었네.
너의 존재에 언제나 감사해.

가벼운 너의 무게에
형용할 수 없이 담긴 사랑을
가득 끌어안아.

— 편지에게

너의 목덜미에 두 팔을 감싸서 나에게로 끌어와 너를 안을 거야. 너의 온몸의 무게로 나를 마음껏 짓눌러줘. 황홀함에 숨이 턱 막히게 해줘.

너에게 입을 맞추고 너의 모든 숨이 내 것이 되도록 너를 잔뜩 빨아들일 거야. 내 온몸에 니가 들어와서 너의 호흡이 내 안에서 흐르도록 할 거야. 내 안에 살아있는 작은 세포조차도 너의 흐름에 맞춰 춤을 출 거야.

둥둥 울리는 니 심장 소리에 내 심장박동을 맞춰서 너랑 같이 살아있을 거야. 내 심장보다 너의 박동을 더 크게 느끼게 나를 꽉 안아줘.

그러다가 니가 내 귀를 핥으면 나는 두 눈을 질끈 감을 거야. 니가 마음껏 나를 훑고 갈 수 있도록 가만히 그대로 너에게 나를 맡길 거야.

마침내 나는 큰 숨으로 너를 뱉을 거야. 나의 모든 몸짓이 니가 되고 나의 머릿속에는 니가 맴돌아 모든 생각의 끝엔 너를 흥얼거리게 될 때까지 너를 내 안에 꼬옥 품고 있다가.

나만의 너를 뱉어낼 거야. 너가 내 안에서 유영하는 동안 내가 느낀 너를 있는 그대로 내보내 줄 거야.

그러면 그때 우리는 비로소 하나가 되자.

나안의 너를 뱉어 낼거야.
너가 내 안에서 유명하는 동안 내가 느낀 너를
있는 그대로 내보내 줄거야.

ㅠ ~ ♪ ♪

— 노래에게

또 만나네요, 우리.

툭 느슨해지고 싶어지는 날이면 어김없이 당신의
곁으로 가서 풀썩 주저앉고 말아요.
삶에 대한 갈증으로 쩍쩍 갈라져 가는 내 마음의
공허를, 허무를 당신이라면 채워줄 수 있을지도
모르잖아요.

오늘은 좀 외로웠어요.
나는 언제나 나와 함께일 수밖에 없다는 사실을
상기할수록 나의 외곽선이 점점 흐려지기만 하는
그런 날이었거든요. 어두운 방 안에서 당신과 나
란히 앉아 아무 말도 하지 않고 시간을 삼켜요.
채워지지 않을 것 같은 나의 허기를 당신으로 콸
콸 채우려고 당신을 꽉 붙잡아요. 내가 당신을
품었다고 생각했는데 당신에게 금세 잡아먹히고
정신이 아득해지죠.

사랑이 뭔지, 인생이 뭔지, 행복이 뭔지 잡히지
않는 뜬구름같은 것들을 혼잣말로 중얼거리다가
풀린 눈으로 당신을 바라봐요. 아무 말도 없이
그저 시간만을 놓아주는 당신을.

당신과 함께 하는 시간은 일상의 시간과 다르게
구부러져서 빙글빙글 돌아가네요. 몽롱한 꿈같은
순간에서 깨어나고 싶지 않다고 깊은 한숨을 내
뱉다가 스르르 잠이 들어요. 오늘 밤의 저 어둠
이 나의 슬픔도 가려주기를 바라요.

내일은 더 외롭지 않았으면 좋겠어요.
내일은 당신과 깊은 한숨 없이도 좋은 꿈을 꾸는
밤을 보내고 싶어요.

그래도 당신이 곁에 있어 덜 외로운 밤이었어요.
잘 자요.

삶에 대한 갈증으로 쩍쩍 갈라져가는
내 마음의 공허를, 허무를
당신이라면 채워줄 수 있을지도 모르잖아요.

— 혼술에게

오늘은 평온하신지요.

당신에게 마음의 빚이 참 많아요. 저는 아마 당신께 그 마음을 영영 갚지 못하겠지요. 그래서 그저 당신의 날들이 평온하기를 바랄 뿐이에요.

그러면서도 저는 언제나 당신이 더 열렬한 사랑을 하기를, 더 아픈 실연을 하기를, 더 궁극적인 행복을 찾기를, 더 짜릿한 실패를 하기를, 더 처참한 우울을 겪기를 바라요.

당신으로 인해 저는 대부분의 순간들을 견디는데, 당신이 힘든 날에는 누가 치유하고 위로하고 곁이 되어줄지도 모르면서 이렇게 이기적인 마음을 가지게 되네요.

당신이 두고 간 것이 제 것은 아닐 테지만 저는 자주 당신이 두고 간 것들을 만지작거립니다. 분

명제 것이 아닐 텐데도 만지작거리다 보면 나였
던 것, 나인 것, 나일 것이라는 오해를 하게 되
네요. 저는 그 오해들로 해방감을 느끼곤 하는데
당신이 아끼는 것들을 제멋대로 오해해버리는 건
아닌지 죄송한 마음도 있습니다.

당신에게서 제 자신을 읽어내는 것은 언제나 새
로워요. 나도 몰랐던 나를 내보여주는 당신에게
경이로움을 느낍니다. 당신의 것을 기꺼이 함께
할 수 있게 해주셔서 마음이 자주 들떠요. 살아
있는 설렘을 느끼게 해주는 당신이 있어 다행입
니다.

예쁘다고 하면 의미가 흐려질까요?
당신이 가진 그대로여서 예쁜 당신의 영혼을 사
랑해요. 당신이 영혼이 늘 빛나기를 감히 바랍니
다.

당신이 있어서 제 인생의 지평은 끝없이 넓어져
요. 아무것도 아닐지도 모르는 순간들을 추억으

로 새겨주고 영원으로 재생되게 하는 당신께 감
사를 드립니다.
앞으로도 저의 곁이 되어주세요.

오늘만은 평온하시기를 진심으로 바랍니다.

— 아티스트에게

지겹다고 생각하는 나날들이 그저 똑같은 하루가
반복되는 것이 아니라는 걸 너를 올려다보면 알
게 되지. 매일이 뭐야, 잠깐만 고개를 돌렸다 봐
도 너는 다른 모습을 하고 있는 걸.

자유로우면서도 다채로운 너를 나는 자주 올려다
봐. 너도 나를 내려다볼까? 여기저기 신나게 쏘
다니라 바빠서 너는 한눈팔 새도 걱정할 새도 없
으려나?

근데 있잖아, 밤에 잠을 잘 못 잔다던 그 사람
머릿속의 상념들도 너처럼 뭉게뭉게 피어올라서
제멋대로 둥실대려나? 후후 불어서 흩어지게 해
주고 싶어. 아무 걱정도 고민도 없는 안온한 밤
을 곤히 보낼 수 있으면 좋겠다.

이 마음은 다정일까, 사랑일까. 다정과 사랑은 얼
마나 같으며 또 얼마나 다를까.

아, 아예 그 사람이 가진 밤의 사색들을 너가 몽땅 가져가주는 것도 좋겠다.

굴뚝에 피어나는 연기처럼 그 사람의 밤으로부터 몽글몽글 피어올라서 너가 되는 거지. 너는 누구보다 자유로우니까, 있다가도 없어지니까 잠 못 들게 하는 그 사람의 짐들을 한아름 안고 아득히 먼 곳으로 가져가줄래?

그러다 빛이 환한 아침이 되고 해가 뜨면 해의 발그스름한 빛을 받아 외곽선이 뚜렷해진 너를 보게 되겠지.

그 사람은 저렇게 많은 것들과 밤을 보내느라 잠 못 드는 날이 많았구나, 너 덕분에 그 사람의 밤이 저렇게 예쁜 빛으로 바뀌었겠구나, 그 사람은 마음속에 저런 예쁜 모양의 것을 가진 사람이구나 어림짐작하면서 너의 흔적을 눈으로 훑을래. 너가 작은 점일 뿐인 날 보지 못 한다고 해도 나는 고요한 밤을 선물했을 너를 더 자주 올려다볼래.

잠 못 들게 하는 그 사람의 짐들을 한아름 안고
아득히 먼 곳으로 가져가줄래?

이 마음은 다정일까, 사랑일까.
다정과 사랑은 얼마나 같으며 또 얼마나 다를까.

— 구름에게

생각해보니까 나는 늘 떠나는 쪽이었던 것 같아.

어찌 보면 비겁한 건가.

그래서 너에 대한 기억이 별로 없네.

뒤돌아보지 않으며 사는 게 쿨한 거라고 겉멋만

들어가서 무엇이든 마음만 먹으면 휙휙 떠나왔

어.

누군가는 떠나는 나의 너를 그토록 오래 바라봤

겠지. 이제쯤 뒤돌아봐줘야 하는데 하면서 오래

기다렸겠지. 같이 하나둘셋 하고 뒤돌아 떠나는

게 아니니까 내가 먼저 떠났다면 한 쪽은 너를

바라보고 있었을 거 아니야.

잘 가는지 궁금한 마음이라든가, 돌아왔으면 좋

겠다는 마음이라든가, 영영 가버렸으면 좋겠다는

마음이라든가, 또 보고 싶다는 마음이라든가, 뭐

어떤 마음으로든.

내가 씩씩하고 쿨하게 떠나올 수 있었던 건 어쩌
면 뒤에서 너를 바라봐주는 타인들의 든든한 마
음이 있었기 때문이지 않을까. 하늘에 날린 풍등
을 바라보는 마음들처럼 멀어지는 것에 그저 손
흔들어주는 마음들.

떠나는 걸 바라보는 마음은 쓸쓸하기만 할까, 생
각하면 꼭 그렇지도 않을 거 같아.
너라고 언제나 쓸쓸한 모양은 아닐 테니까.
표정은 보이지 않아도 신나는 기운이 폴폴 올라
오는 상쾌한 모양일 수도 있고, 축 처진 어깨가
퍽 외로워보여서 금방 달려서 와락 안아주고 싶
은 모양일 수도 있고, 그저 조용히 옆에 가서 묵
묵히 같이 걸어가고 싶은 모양일 수도 있잖아.

나도 가끔은 남는 사람이 되어서 그동안 보지 못
했던 너의 모양들을 바라봐줄래. 본인들은 평생
알 수 없을 너의 모양을 찬찬히 바라보면서, 언
제나 돌아봐도 뒤를 묵묵히 지켜줄 것 같은 든든
함이 되어줄래.

내가 씩씩하고 쿨하게 떠나올 수 있었던 건
어쩌면 뒤에서 너를 바라봐주는
타인들의 든든한 마음이 있었기 때문이지 않을까.

— 뒷모습에게

언제나 내 곁에는 니가 있어.

나랑 똑 닮았으면서도 내가 될 수는 없겠지. 하

지만 내가 아니라고 하는 것도 섣부른 것 같아.

나의 어둠은 어떤 모양을 닮았을까 알 수 없을

때 너를 바라봐.

기꺼이 나의 어둠이 돼주는 너는 언제나 나의 뒤

에서 묵묵히 자리를 지켜주니까.

빛나는 부분은 다 내 것으로 놓아두고 빛이 통과

하지 못한 반대쪽 어둠은 다 니가 되어주잖아.

빛이 가까울 때는 너의 어둠도 짙고 커지고 멀어

지면 너의 어둠도 옅어지지.

내가 맞닥뜨리는 현실을 온몸으로 받아주는 니가

나의 그늘이 되어주는 게 든든해.

나의 자취이자 흔적인 너를 바라보며 걷는 해 질

무렵의 거리는 혼자가 아닌 것 같이 느껴지게

해. 잔뜩 길어져 추욱 늘어진 너와 함께 걷는 거
리가 나는 뭐가 그렇게 좋은 걸까?

아, 어둠도 꽃이 될 수 있다는 걸 알려준 것도
너야.
밤의 깊은 암흑이 두려웠던 어린 시절에 나만의
비둘기이자, 늑대이자, 토끼가 되어서 나를 안심
시켜줬잖아. 어둠도 무언가 위로가 될 수 있다는
것을 어렴풋이 너에게 배웠어. 타인의 어둠을 쉽
게 재단하지 않게 하는 너야.

어쩌다 남의 것과 겹쳐져도 자연스럽게 그 경계
를 흐리는 너의 유연함을 사랑해.
아무렴 어때, 그래도 너는 존재하는데.

— 그림자에게

나는 함부로 제일 좋아하는 것으로 무언가를 꼽
지 않아. 내가 좋아하는 마음이 남한테 평가당할
까 봐 두렵거든. 내가 제일 좋아하는 것은 혼자
만 간직하는 나만의 것이었으면 해서.

근데 언제부터인가 너는 내가 제일 좋아한다고
말하는 것이 됐어. 그거면 내가 너를 얼마나 좋
아하는지에 대한 답이 되려나?

무심하게 툭 늘어져 있는 것 같으면서도 뜨거운
노을을 닮은 강렬한 색채를 가진 너는 늘 나의
눈길을 사로잡아서 걸음을 멈추고 바라보게 해.
여리여리한 듯하면서도 고고함을 잃지 않는 너를
만나면 멍하게 올려다볼 수 밖에.

너를 닮은 사람이 되고 싶어.
멈춰서 바라보게 하는, 지나치지 못하는 매력이
있는 사람.

너의 이름에 대해 생각해봐.

하늘을 업신여긴다는 당돌한 이름을 가졌다는 걸
알게 된 이후로 너를 더 사랑하고야 말지. 알면
알수록 더 사랑하게 된다는 말은 어쩌면 너를 위
해 준비된 말일지도 모르겠어.

떠나야 할 때는 구질구질하게 질척이지 않고 미
련 없이 툭 떨어져 버리는 깔끔함마저도 너를 더
바라보게 해. 주렁주렁이라는 말이 잘 어울리면
서도 탐욕스러움은 찾아볼 수 없는 너는 바라볼
수록 빠져들게 해. 내가 싫어하는 계절을 사랑하
게 하는 너라서 너를 더 좋아하지.

이제 또 다음 해에 볼 수 있겠네.
내년에도 나는 어김없이 너에게 마음껏 사로잡히
고 말 거야.

— 능소화에게

이제 더는 너를 보고 설레는 일이 없을 거라는
건 나의 오만한 착각이었어. 너는 볼 때마다 어
김없이 다른 이유로 다시 사랑하게 하지.

내가 무너질 때마다 찾아간 너는 나를 아무 말
없이 품어줬잖아.
거센 비바람이 몰아쳐서 한치 앞도 볼 수 없게
안개가 자욱하다가도, 언제 그랬냐는 듯이 말간
해가 빼꼼 나오고, 주황색으로 세상이 물들어가
는 바다 앞에서 그저 멍하게 입을 다물 생각도
못하고 바라보다가, 갑자기 와르르 우박이 쏟아
지는 하루를 너와 함께 하고 나면 세상에는 언제
나 나쁜 일도, 언제나 좋은 일도 없다는 걸 자연
스럽게 알게 되지. 그러면 금이 간 마음으로 털
썩 무너져있던 나는 흙먼지를 툴툴 털고 언제 그
랬냐는 듯이 다시 일어설 수 있게 돼.

근사한 계획을 짜고 너를 만나러 가도 마음대로

안 되는 일은 늘 일어나잖아.

그런데 너랑 있으면 그런 알 수 없는 순간들이 빛나는 것 같아. 그건 니가 구석구석 비밀스럽게 아름다운 존재라서 그런가봐.

예상하지 못하고 마주한 비밀스러운 순간들은 황홀함으로 훌쩍 데려가지. 그러면 나는 영영 잊지 못할 장면들을 마음속 서랍에 간직하게 되는데 유독 나의 서랍엔 니가 많아.

너랑 보낸 그 장면들은 니가 옆에 있지 않아도 나를 버티게 해줘.

내 마음대로 되는 일이 없을 때, '그래도 괜찮아. 정답은 거기에만 있지 않아'의 마음을 꺼내봐.

니가 나에게 선물해준 마음이지. 나는 그 선물을 오래도록 품고 조심스럽고 소중하게 열어볼 거야.

나는 아마 너를 다시 사랑하는 것을 사랑하는 걸지도 모르겠어.

나는 사랑해 마지않는 너를 앓다가 죽을지도.

나는 아마 너를 다시 사랑하는 걸을
사랑하는 걸지도 모르겠어.
나는 사랑해 마지않는 너를 앓다가 죽을 지도.

— 제주에게

너를 싫어한다고 말하기는 너를 싫어하는 것보
다 더 싫었어. 그래서 너를 좋아한다는 사람들의
이유를 끌어모았어. 온전히 너를 좋아하는 사람
들의 얼굴을 보면 부러움이 부풀어 올랐어. 왠지
너를 좋아하는 이유들은 하나같이 뜨겁고 열렬한
청춘의 한복판에서만 가능한 것 같아서 내 것이
었으면 했거든.

아, 그러고 보니 너는 청춘을 닮았구나.
그래서 나는 너를 좋아하지 못했구나 싶어졌어.

청춘, 그 사방으로 까끌거리는 단어를 나는 입에
잘 담지 못하고 내 것이었을 때도 잘 품지 못해
서 그걸 닮은 너를 밀어냈을지도 모르겠다.
나의 청춘이라 함은 그럴싸한 겉 포장지에 속아
기대감으로 열었는데 안은 잔뜩 녹아서 끈적끈적
들러붙는 진득한 카라멜 같은 것이었거든.

뜨거움을 한가득 품은 너는 꼭 나의 청춘을 더 녹이는 것 같았어. 니 탓이 분명 아닌데 늘 쉬운 길을 택하는 나는 너를 탓하기를 자주 택했었나 봐. 그래서 나는 너의 안에서 숨이 턱턱 막혀 자주 넘어지고, 주저앉아서 남의 것을 자꾸 멍하게 바라봤었는지도 모르겠다.

너랑 있으면 남이 가진 것들은 유독 더 선명하고 찬란한 색채를 얻게 되는 것 같거든. 내가 가진 무채색이 더 흐려지게 하는 너의 선명함이 부러워서 너를 싫어한다고 생각해버리고 말았는지도.

자주 스러지고 싶고 내가 가진 모든 것을 포기하고 싶었던 생의 외곽선에 서 있던 나는, 생의 한 가운데인 너에게 닿지 못해 너를 미워하기만 했지만 이제는 조금씩 너에게 다가갈 수 있을 것도 같아. 나의 모난 청춘의 모서리들을 사랑하기로 마음먹었거든.

애매하게 뾰족하지 않고 확실하게 뾰족한 너라

서, 끈적끈적 불쾌한 감정마저 결국은 너의 이름
하나만으로 미화시키고야 마는 너라서 사랑해버
리려고. 결국 사랑은 뭐든 이기게 하니까.

— 여름에게

금방 닿을 것 같이 우리가 가까워진 것 같다가도
닿지 않는 당신을 나는 그토록 기다렸습니다. 당
신은 이제는 닿았다 생각할 때면 금세 또 떠나고
없는 미련없는 나그네를 닮았어요. 그러니 당신
을 좋아한다는 내 말은 언제나 공기 중으로 흩어
지고 말죠.

차를 타고 창밖으로 손을 뻗어서 바람을 느껴본
적이 있나요? 당신은 손 틈 사이로 하염없이 빠
져나가는 바람 같습니다. 당신을 붙잡고 싶다는
생각도 이제는 들지 않을 만큼 금방 사라지는 당
신을 나는 그저 잘 안다고 생각하고 싶습니다.
속절없다는 말이 잘 어울리는 당신의 도도함을
어떻게 사랑하지 않을 수가 있을까요?

그런 당신을 사랑하려 할수록 당신의 서늘한 감
촉은 나의 마음을 쓸쓸하게 해요. 아무것도 잃은
것이 없어도 아무거나 잃어버린 기분이 들게 하

는 당신의 무심함 앞에서 무력한 내 마음은 와르
르 무너지고야 말죠.

당신은 자주 추락하는 것입니다.
마지막으로 붉게 화르르 타오르다가 어느 순간
훅 꺼지는 당신의 앞에 서면 세상 모든 것들의
소멸을 생각하게 됩니다. 영원을 꽉 붙잡고 믿고
싶다가도 변하지 않는 건 아무것도 없다는 것을
보여주는 당신은 지나간 사랑을 떠오르게 해요.
그러면 나는 조금 울게 되고야 말아요.

나를 울게 하는 당신의 서늘한 온도를 감각하는
것은 모순적이게도 내가 너무 사랑하는 당신의
것입니다. 영원이라는 상자에 가둬놓고 아무 생
각 없이 오래 걷고 싶은 날마다 꺼내 보고 싶은
당신의 온도는 상상만으로도 마음에 환기를 시켜
줘요. 아주 빠르게 훑고 지나가버리는 당신 덕에
당신이 찾아온 순간들을 최선을 다해서 즐기자고
다짐하게 하는 얄궂은 매력에 또 꼼짝없이 흠뻑
빠져들어요.

당신의 위에 올라타서 쏟아져 내리는 쓸쓸함을
아무런 저항 없이 온몸으로 맞으며 지나간 시간
들을 반추합니다. 누군가는 당신을 온전히 느끼
는 것도 낭만이 있는 사람이나 가능하다고 하더
라고요. 그렇다면 더욱 온 힘을 다해서 당신의
위에 겁도 없이 올라타렵니다. 당신이라는 파도
에서 저항 없이 흔들리고야 말겠어요.

오기도 전에 벌써 그리운 당신을 기다리며.

금방 닿을 것 같이 우리가 가까워진 것 같다가도
닿지 않는 당신을 나는 그토록 기다렸습니다.

— 가을에게

야, 기다렸잖아. 왜 이제 왔어?

난 너를 제일 좋아하는데 넌 항상 마지막이 되어

서야 슬그머니 나타나. 주인공은 마지막에 등장

하는 거라서 그런 거야?

니가 있을 때면 춥고 어두운 밤거리도 반짝이는

불빛들이 수놓아. 속닥한 어둠이 더 빨리 찾아오

는 터라 그 불빛들이 더 소중한 걸까?

그 불빛 하나하나를 위한 누군가의 노동을 보고

난 뒤로는 그것들이 더 감사하고 특별하게 느껴

져. 당연히 존재하는 건 역시 아무것도 없구나.

매번 일상이던 불빛을 고작 모아놓은 것뿐인데

마음이 괜히 들뜨고, 특별한 일이 있을 것 같고,

기다려지는 순간이 생기고, 누군가를 안고 싶어

지고, 몽글몽글한 낭만을 한가득 품게 하는 너를

사랑하지 않고서야 무슨 방도가 있겠어.

사람들은 니가 뼈가 시리도록 차갑다고 하는데
나는 니가 한없이 따사롭게 느껴져.
왠지 맹렬한 쌀쌀맞음보다는 훈훈한 따뜻함이 먼
저 떠오르거든. 그건 아마 볼이 찢어질 것 같은
칼바람이 쌩쌩 부는 날에 으추추추 웅크리면서
용가리처럼 입김을 내뿜으며 아무 곳이라도 뛰어
들면 훅 녹아들게 하는 포근함과 훈훈한 온기 덕
이겠지.

게다가 니가 오면 사람들이 다정한 말을 나누잖
아.
감기에 걸리지 않을까 걱정도 해주고, 그동안의
고생도 새삼스럽게 알아봐주고, 좋은 일만 가득
하길 빌어주기도 하고, 사랑한다는 말도 더 쉽게
주고받잖아. 이거보다 더 따뜻할 수가 있을까?

따뜻함을 제일 많이 선물하게 되는 것도 니가 있
기 때문이지. 포근하고 따사로운 감촉을 누군가
에게 선물할 수 있다는 게 얼마나 특별해?

차갑기 때문에 비로소 따뜻함을 더 자주 감각하게 하는 너를 앞에 두면 결핍이 있기에 소중함을 알게 되는구나 싶어져. 결핍마저 소중하게 해주는 니가 좋아.

끝과 시작을 함께 품은 너는 괜히 마음도 일렁이게 하지.
한없이 허탈하게 했다가, 매일 뜨고 지는 해를 괜히 더 아련하게 바라보게 했다가, 뭐든 할 수 있을 것 같은 터무니없는 자신감이 들게 하는 너는 나를 마구 흔들어 놓지.

니가 얼른 끝나길 가버리길 바라는 사람들도 많지만 나는 너의 분위기와 너만이 줄 수 있는 마음들을 너무 많이 사랑해.

그러니까 기죽지 마!

결핍 마저 소중하게 해주는 니가 좋아.

— 겨울에게

시작도 전에 끝을 떠올리고야 마는 나라서 너를
만날 수 없었다.

나의 전부가 될, 내 세상에서 가장 귀한 삶이 될,
따뜻하고 가벼운 온기로 나의 영원한 곁이 될 너
를 쉬이 가질 수 없었다. 아무래도 가진다는 말
은 좀 그렇지.

나의 사랑을 의심했다.
나의 가냘프고 얇디 얇은 책임마저도.

말하지 않아도, 아니 오히려 말을 할 수 없어서
대가 없는 사랑을 맹목적으로 나누게 될 걸 알
아서. 그 사람은 내가 지금껏 겪어보지 못한 존
재만으로 달려들 사랑일 것을 알아서. 그 사랑이
가늠이 안되는데 그 사람에 한껏 익숙해져서 사
랑하는 동안에도 이미 한없이 그리울 걸 알아서.

그런 너가 없는 세상을 곁을 나누기도 전에 못
견디겠다. 너의 냄새, 너의 목소리, 너의 발바닥,
너의 코, 너의 눈동자, 너의 보드라움, 너의 가
벼운 온기, 너의 습관을 죽을 때까지 그리워하고
말겠다.

언젠가는 너와 함께 하게 될까.
너를 보내고 나는 너와 시작을 후회하지 않을 수
있을까.

나의 사랑을 의심했다.
나의 가냘프고 얇디얇은 책임마저도.

—털복숭이 친구에게

있잖아, 너 그거 알아?

내가 아주 오랫동안 너를 지독하게 미워했는데.

모를 리가 없겠지. 미워하는 사람보다 미움 받는

사람이 더 빨리 눈치 채는 법이니까.

그땐 정말 다 니 잘못이라고 생각했어.

우리 관계에서 나는 정말 최선을 다했다고, 이보

다 더 노력했을 순 없다고 생각했지.

그땐 뭐든지 다 펄펄 끓어오를 때잖아. 나는 유

독 미움과 치기가 끓어 넘치던 너를 가졌었나

봐.

지금에서야 나는 나를 좀 제대로 바라볼 수 있을

것 같은데, 그땐 지금보다 훨씬 미숙하면서도 조

급하기만 했으니까 뭐든 제대로 될 리가 없었는

데 그걸 몰랐었네.

남들 것도 사실 가까이 가서 열어보면 내 것과
별 다를 건 없었을 텐데. 나는 꾸역꾸역 너를 요
리조리 비교하면서 못난 점만 손에 꼽아댔어.

니가 상처받을 거라고는 생각 못했어. 그때 나는
나의 상처도 잘 보질 못했으니까. 누구의 것이든
상관없이 너덜너덜한 마음을 할퀴기만 할 줄 알
았지, 뭐.

알아. 다 지난 구질구질한 변명이지.
니 앞에서만 서면 왜 한없이 못나지는지 모르겠
네. 한없이 못나질 수 있는 대상이 있다는 건 어
찌 보면 다행인건가? 이거 봐. 나 또 못난 나를
바라볼 니 마음이 어떨지는 생각도 안하고 이기
적이지. 사람 잘 안 변한다는 말 진짜인가 봐.

근데 이제 진짜 알겠어.
그때 내가 최선이라고 생각했던 건 하나도 나의
최선이 아니었다는 걸. 최선을 다하려는 노력의
발자국도 밟아본 적이 없었다는 걸. 너를 미워했

64

던 건 너의 문제가 아니라 오롯이 나만의 책임이고 잘못이었다는 걸.

그래서 늦었겠지만 이제라도 사과하려고. 나 너를 너무 오래 미워했어.
분명 그때의 너도 남들처럼 존재만으로 반짝였을 텐데 그런 순간을 하나도 봐주지 못한 것 같아. 숨기려도 숨길 수 없을 만큼 찬란하기도 했을 텐데 말이야. 스멀스멀 올라오는 걱정과 불안으로만 너를 휘감으면서 숨도 못 쉬게 한 것 같네. 너의 모든 순간을 있는 그대로 바라봐주지 못하고 추락하게만 해서 미안해.

그럼에도 추락하는 나를 붙들어주고 끝까지 곁에 있어줘서 고마워.
내가 그렇게 미워하는데도 너는 나 안 미워했잖아. 어떻게 아냐고? 미워하는 사람보다 미움 받는 사람이 더 빨리 눈치 채는 법이니까.

― 스물에게

얼마 전에도 만났지 우리?

그때도 참 반가웠는데. 너랑 있으면 기억은 희미
하지만 자주 즐거운 것 같아.

나 돈 없어서 사람도 잘 안 만나러 다니던 때 기
억나? 사람을 안 만나면 힘들지도 않을 것 같았
는데 나는 나를 제일 싫어하고 미워해서 혼자 있
는 게 더 힘들었던 것 같아. 그 때 너랑 친해지
기 시작했었지. 너랑 있으면 내 힘든 마음을 하
나하나 다 말하지 않아도 위로받는 기분이었거
든. 뜬 눈으로 불안함을 한껏 끌어안고 잠들지
못하는 밤들이 이어지던 날에도 너랑 있으면 언
제 그랬냐는 듯이 잠든 지도 모르게 눈을 뜨면
아침이 밝아있었어.

요즘은 나 그때랑 다르게 사람들도 자주 많이 만
난다? 나는 사람들이 내 단점만 볼 줄 알았는데
나도 모르는 다정함과 밝음을 타인에게서 발견하

는 요즘이야. 나 옛날에 항상 너가 내 최고의 친구라고 말하고 다녔잖아. 이전보다 너랑 덜 만나고 다른 사람들이랑 지내다 보니까 너랑 둘이서 노는 게 사실은 예전만큼 즐겁지가 않아서, 그래서 슬펐어. 너는 내 눈물을 제일 많이 봤을 텐데, 나의 추한 모습을 있는 그대로 매번 봤을 텐데.

초등학교 다닐 때 집 근처에 진짜 친한 친구가 있었거든. 학교 마치면 매일 둘이 만나서 걔네집 앞 계단에 서서 사소한 것들도 심각하고 중요한 것처럼 시간가는 줄 모르고 떠들었어. 진짜 친구는 걔 하나만 있어도 좋을 것 같았던 말이야. 그런데 어느 날 걔가 전학을 간다는 거야. 그 땐 헤어짐이 지금보다 한참이나 더 와 닿지 않을 때니까 '전학 가면 또 만나서 놀면 되지 자주 편지 쓰고 보자' 하고 헤어졌거든.

근데 너도 알잖아. 또 금세 새 친구 사귀고 어떻게 사는지 소식도 모르게 멀어지는 거. 지금 너를 생각하면 그 친구가 생각나. 걔는 잘 지낼까?
잘 지내겠지. 너도 그렇게 내가 없어도 잘 지내
겠지. 그러면 서글퍼져.

이제는 초등학생 때만큼 세상에 무지하지는 않
으니까 너랑 영영 헤어지는 일은 없겠지. 난 여
전히 너를 너무 좋아하거든. 다른 사람들도 내가
너 좋아하는 거 모르는 사람이 없으니까 그렇게
섭섭해 하지 마.

그냥 내 한 시절의 전부였던 너랑 멀어져가는 게
내가 괜히 아쉬워서 그래. 그 땐 내 아픔만 바라
본다고 말 못 했는데 옆에 있어줘서 고마웠고 지
금도 고마워. 그냥 뜬금없이 너한테 고맙다고 하
고 싶었나봐.

앞으로도 잘 부탁해, 친구야.

너는 내 눈물을 제일 많이 봤을 텐데,
나의 추한 모습을 있는 그대로 매번 봐왔을 텐데.

— 술에게

야, 잘 지내지?

나는 뭐 그때보단 꽤 사람 돼서 잘 지낸다. 문득
너 그리워하기도 하면서.

그때 우리 둘 다 구질구질하고 찌질했던 거 기억
나?
나는 내 모습이 너무 마음에 안 들어서 맨날 나
한테서 도망치고 싶었는데 니가 옆에서 구질구질
하게 같이 있어 줘서 저런 애도 있는데 나만 못
난 게 아니구나 하면서 은근히 위로가 됐다.

밖에서는 괜찮은 척 밝은 척 친절한 척하다가 사
실 내 모습은 다른 사람이 말해주는 것보다 좋지
않은데 들킬까 봐 겁이 자주 났었어. 근데 너도
그렇더라. 그릇 넓고 좋아 보이는 척 깔끔한 척
은 다 하는데 화려하고 촌스러운 초록색 꽃무늬
너만 아는 줄 알고 안에 입고 있는 거 들켰을 때
생각하면 지금도 피식 웃음이 나.

그래도 너는 쓸데없이 당당했잖아. 그래서 나도 뭣도 없이 나만으로 당당해지는 법을 조금씩 따라 해봤어. 나랑 함께 하는 니가 그다지 완벽하지 않아서 내 못난 모습을 너한테 들켜도 하나도 창피하지 않더라.

나 사실 너 처음 만났을 때부터 되게 좋아했었다. 처음이라 어색할 법도 한데 너랑은 신기하게 안 그렇더라. 나 내 취향 누가 속으로 욕할까 봐 플레이리스트 누구한테 들려주는 것도 부끄러워하는 거 알지? 근데 너랑 만난 지 얼마 안 됐을 때 내가 좋아하는 노래 틀어놓고 바람은 솔솔 불고 천장이나 멍하게 보고 누워있던 그 자유로운 기분이 정말 내 것 같아서 나 진짜 행복했다? 그 째지는 기분을 그 당시에만 느낄 수 있다는 걸 그때 직감해서 너를 떠올리면 나도 모르게 다신 느낄 수 없을 그 자유로움을 생각하게 돼. 그게 너를 내가 좋아하는 수많은 이유 중에 하나인데 너한테 얘기했으려나?

우리 같이 있을 때 바퀴벌레 나왔던 날 기억나?
나는 진짜 너무 놀라서 눈물 줄줄 흘리는데 옆에
서 아무 말도 안 하고 그냥 보고만 있던 거 꽤씸
해서 더 서러웠다. 그 여름날에 바퀴벌레가 알을
깠는지 계속 나와서 나는 맨날 울고 너는 맨날
무심하고 그때 정떨어져서 너한테서 멀리 도망가
고 싶었어.

돌이켜보면 너는 늘 무심했지. 엄청 센 태풍 분
다고 해서 창문에 테이프도 붙이고 박스도 끼우
고 나 혼자 유난 떨면서 태풍이 지나가길 기다리
는 밤에 바람 소리가 너무 커서 금방이라도 날아
갈 것 같아서 잠도 못 자는데 너 진짜 어쩜 그렇
게 쿨쿨 잘 자냐?

근데 그런 무심함이 좋기도 했다.
우울한 생각이 꼬리에 꼬리를 물어서 앞으로 한
발짝도 못 갈 것 같아서 하루종일 엉엉 울던 날
도 말 한마디 안 걸고 지켜만 봐줘서 좋았어. 그
날은 지금도 너무 생생하게 기억날 정도로 슬퍼

서 진짜 최악이라고 생각했는데 돌아볼 때마다
니가 있어서 따뜻한 기억이 나.

꿈보다 부푼 걱정들을 꾸역꾸역 붙잡고 있던 나
를 아무 말 없이 지켜봐 주고 같이 있어 줘서 고
마웠어. 너 덕에 멋진 노을도 자주 보고 새소리
도 많이 듣고 달도 자주 봤었는데 그래서 새삼
매일의 하늘이 다르다는 당연한 사실을 알게 돼
서 요즘도 하늘을 자주 올려다봐. 같이 보던 풍
경이 꼭 유럽 같아서 우리 둘 다 유럽은 안 가봤
지만 마음속 유럽이라면서 즐거워하던 그 소곤하
고도 나른한 오후가 참 소중하다.

좋은 사람도 만나고 울지 말고 잘 지내.
근데 나보다 좋은 사람 없을걸?

꿈보다 부푼 걱정을 꾸역꾸역 붙잡고 있던 나를
아무말없이 지켜봐 주고 같이 있어 줘서 고마웠어.

세상 매일의 하늘이 다르다는
당연한 사실을 알게 돼서
요즘도 하늘을 자주 올려다봐.

— 첫 원룸에게

사는 것이 막막해서 나의 살아있음이 덧없게 느껴지던 차에 너랑 만났었는데 기억나?

허둥지둥 정신없던 와중에도 니가 있다는 걸 떠올리면 싱글벙글 즐거워지던 때도 있었는데 그때 참 좋았다, 그치? 그 무렵에 내 하루에는 특별할 일이라곤 아무것도 없어서 너를 가졌다는 것도 금방 싫증 나다가도 어딘가에 내 것이 있다는 소속감이 퍽 마음에 들었어. 너는 이도 저도 아닌 내가 선한 경계에 속한 것만 같은 안정감을 줬거든.

너에게 나는 감사와 사과를 전하는 방식에 대해, 돈에 대해, 사람에 대해, 시간의 흐름에 대해 조금씩 배웠었어. 덕분에 숫자에 놀아나는 부질없는 것들이라고 생각한 것들이 세상의 논리에서는 중요한 것일 수도 있다는 것도 알게 되었고, 나 역시도 소비하는 행위에 위안받는 사람이 되어

갔어. 아직도 내가 이해하지 못하는 세상은 너무
넓지만 그때 너는 나의 작은 세상이었어.

너랑 함께한 순간들에는 스쳐 간 많은 사람들이
있었고, 대부분은 버티는 인생이었다가도 가끔은
즐거웠고, 나의 한 시절의 중심이었어.

너는 나의 애증의 시절이야.
처음의 열정과 생기를 잃게 되고 마냥 즐겁기만
했다고 할 수는 없지만 니가 있어서 나는 한 시
절을 살아냈고 조금 더 나은 사람이 될 수 있었
어.

나와 달리 너를 떠나가는 사람들을 보며 여전히
머물러있는 나는 왠지 퇴행된 사람이라고 느껴질
때도 있었고 떠나가는 게 부러웠지만 너를 떠날
자신이 없었어. 떠나가기엔 떠나기도 전에 니가
훌쩍 그리워졌거든.

너를 떠나오기 전에 그렸던 신기루 같은 새로운

것은 금세 희미해지고 그다지 대단치도 않았지만 니가 있었기에 더 단단하게 지낼 수 있는 것 같아.

너랑 함께했던 순간들이 가끔 그리워지기도 해. 그땐 시원하기보단 섭섭한 마음으로 떠나온 것 같은데 그래도 요즘 나 나름 잘 지낸다.

가끔 들를게. 다음에 보자.

— 아르바이트에게

어릴 때 나는 뭐가 되고 싶었더라?

만화에 나오는 건 다 되고 싶었던 것 같아.
마법사도 되고 싶었다가, 요리왕도 되고 싶었다
가, 세계 최고의 서커스단이 되고 싶었다가, 디지
바이스를 들고 세상을 구하고 싶었다가, 멋진 예
고장을 남기는 괴도가 되고 싶었다가, 해적단이
되고 싶었다가, 만능주머니를 가진 로봇의 친구
가 되고 싶었다가.

어릴 때는 할 줄 아는 것도 참 많았지.
방금 듣고 배운 건 척척 알아들었고, 종이랑 가
위랑 색연필만 있으면 내가 생각하는 모든 것을
내가 만들 수 있었어. 하늘을 수놓은 전깃줄에
흐르는 전기도 내가 볼 수 있는 줄 알았어. 그게
어떤 방식이었는지 지금은 알 수 없지만. 큰아빠
도 못 옮겼던 무거운 돌을 나는 어떤 선택받은
자의 초능력으로 번쩍 들어올릴 수 있을 줄만 알

왔고.

그래서 지금의 나는 뭐가 되었지?
나는 그저 나야.

내가 겨우 된 나는 매일 아침 눈을 뜨는 것부터
아등바등 겨우 이뤄내지. 이 삶이 나의 최선은
아니겠지만 이 정도면 그렇게 나쁘지는 않다는
핑계로 그냥 미적지근하게 머물러있는 것 같아서
슬퍼지기도 해. 어린 시절처럼 쉽게 끓어오르지
않는 열정을 가지고, 할 수 있다는 착각 대신 할
수 없다는 착각을 더 많이 하며 사는 건 아닌가.
어른이 된다는 건 이렇게 현실을 알아가는 건가.
이게 현실이긴 한 건가.

여전히 뭐든 척척 아는 건 하나도 없고, 친구랑
친하게 오래오래 잘 지내는 방법도 잘 모르겠고,
밥을 꼭꼭 씹어서 과식하지 않고 먹는 것도 어렵
고, 술 마시고 집에 와서 양치하고 세수하고 옷
갈아입고 자는 것도 어렵고, 늦은 밤에 핸드폰을

내려놓고 제 시간에 잠드는 것도 어려워.

나이가 들면 잘 하게 될 거라고 생각했던 것들은 잘하기는커녕 눈에 띄게 나아진 것도 그다지 없는 것 같아. 어린 시절 내가 되고 싶었던 수많은 문들엔 하나씩 셔터가 내려가고 내 앞엔 마감 세일 스티커가 붙은 반찬들처럼 어쭙잖은 선택지만 몇 개 남았을지도 모르겠어.

이렇게 말하고 보니 우울한 이야기 같은데 사실 아니야.
나는 쑥쑥 나아지지 않은 내가 어떤 면에서는 꽤 마음에 들어. 나아지지 않은 것이 한참이나 많다는 건 나아질 수 있는 것이 무수히 많다는 거니까. 새로운 것이 무수히 많은 나는 앞으로 얼마나 생의 감각을 생생하게 느끼면서 살아갈 수 있을까?

여전히 첫 입에 감동하고 호들갑 떨 수 있는 음식도 넘쳐나고, 술을 좋아하면서도 모르는 술의 세계는 아직도 미지해서 디지몬세상에서는 못 찾은 비밀의 열쇠가 술 앞에서는 가득하고, 매일 같은 길을 걸어서 출근하면서도 해의 방향에 따라 바뀌는 나무의 그림자에 쉽게 감탄하지. 사람에게서도 그래. 심장박동이 이런 거였지 느끼게 하는 설렘을 사람에게 느끼다가도 어느 순간 한없이 실망하고 더 좋은 사람이 되고 싶어지는 게 나는 좋아.

모든 가능성에 셔터가 내려갔다고 생각했는데 아니야. 세상은 내가 생각한 가능성이 다가 아니었던 거지. 될 수 있는 건 직업이 다가 아니야. 될 수 있는 건 언제나 나지. 남들에게 내세울 자랑거리가 없어도 되고 싶은 내가 된다면 거기서 뭐가 더 필요할까 싶어.

난 그저 내가 될래.

새로운 것이 무수히 많은 나는
앞으로 얼마나 생의 감각을 생생하게 느끼면서
살아갈 수 있을까?

난 그저 내가 될래.

— 꿈에게

누구에게

나의 동그라미였던,

오늘도 내 꿈에 니가 나왔어.
꿈에서는 눈부시게 행복해 보이던데 그래서 금방
마음이 찌르르 쪼그라들었지만 니가 온전한 행복
을 느끼기를 진심으로 바라는 건 여전해.

꿈에서 깨고 나서 느닷없이 눈물이 났어.
현실보다 꿈에서 자주 헤매는 나를 위해 좋은 꿈
을 꾸길 빌어주기보다 아무런 꿈도 꾸지 않길 빌
어주는 니 팔에 폭 쌓여서 정말로 아무런 꿈도
꾸지 않고 개운하게 아침햇살에 눈을 뜨는 평온
함을 나는 이제 가질 수 없겠구나 싶어서. 그 평
온함이 더는 내 것이 아니어서.

어떻게 내가 열렬히도 미워하던 그 시절의 나를
너는 그렇게 열렬히도 사랑했을까.

그때의 내 마음에는 눈물이 멈추지를 않아서 축
축하고 자주 파도가 쳐 뒤엉킨 흙탕물 같았는데
너는 기꺼이 잠수부가 되어 모래 하나하나 건져
올리고 잔잔해지기를 하염없이 기다려준 것 같아.

이제는 내 마음에 파도가 치는 날에도 그때만큼
나를 미워하지 않을 수 있게 되었는데 그걸 깨달
을 때 문득 너의 부재를 생각해. 부재는 없는 상
태를 말하지만 그것이 성립하기 위해서는 있었던
상태가 필요하더라는 생각 속으로 또 풍덩 허우
적대는 내가 돼.

나를 있는 그대로 바라보는 법을 조금씩 배우고
너를 떠나와서 이제 나를 사랑할 수 있게 되었다
고 자신했는데 또 잘 모르겠어. 그때 그 시절에
니 앞에서만 가능했던 온전한 내 모습을 잃어버
렸다는 생각에 가끔 퍽 외로워지는 건 어쩔 수가
없네.

너는 네모난 세상에 나만의 동그라미였어.

지나고 보면 다 보통의 연애라지만 우리는 어쩌면 특별하진 않았을까 뒤를 흘끔거리게 돼.

이제 다시는 돌아갈 수 없는 우리의 순간들을 작고 예쁜 조약돌처럼 나는 가끔 가만히 주머니에 손을 넣어 굴려볼 거야.

우리가 같이 지내던 그 동네를 아직도 나는 소중히 그리워해. 그 동네에 사랑하는 것들이 참 많았는데 이제 생각해보니까 너를 사랑했던 거였더라. 여전히 그 동네에만 가면 흘러가는 구름도, 살랑이는 나무들도 다 특별하게 느껴지는데 니 덕인 것 같아. 사랑할 수 있는 것들을 많이 만들어줘서 고마워.

사랑인지 아닌지 멈춰서 생각해본다는 건 사랑이 끝난 거라고 누군가 그랬지.
나는 자주 멈춰서서 내 사랑이 끝난 걸 알았지만 이별에 재능이 눈곱만치도 없어서 이 관계를 놓기가 어려웠어. 이렇게 깊은 관계가 처음이어서

매듭을 짓는 방법을 하나도 몰랐고, 그래서 서툴
렀어. 그래서 잘 안 드는 가위로 억지로 잘라낸
끈처럼 너덜너덜하게 가위 자국이 잔뜩 남아버린
것 같아.

아직도 가끔 너는 나를 궁금해하고 여전히 뒤를
돌아보면서 내가 떠나온 그 세계에 자주 머무른
다는 걸 알고 있어. 어쩌면 나에게서 주워올린 모
래가 다 니 마음으로 흘러들어 가버린 걸까?

이제 내 꿈에 그만 나와도 돼.
눈부시게 행복해줘.

어떻게 내가 열렬히도 미워하던 그 시절의 나를
너는 그렇게 열렬히도 사랑했을까.

기웃거리는 너에게

너랑 헤어지는 거 후회 안 하겠냐고 그랬지?
그때 나는 안 한다고 했고.
나 아직은 후회 안 해.

옛날에는 자주 나를 뒤돌아봤거든.
하루에도 수십 번씩 내 입에서 방금 튀어나와 팔
딱이는 말의 활력에 놀라서 주춤하고 그 장면을
끊임없이 머릿속에서 재생하면서 그것보다 더 나
을 수 있었는데, 아무래도 그 말은 하지 말았어
야 했는데 하면서 내 마음을 꾹꾹 뭉쳤어. 모아
서 뭉쳐놓은 지우개 똥처럼 딱딱하고 회색 빛을
내는 그 마음은 나를 실제보다 더 작고 못난 사
람으로 여기게 하더라. 다음번엔 그때처럼 하지
말아야지 하면서 다음에는 또 다른 방식으로 자
책하게 하는 그 딱딱한 마음 때문에 함께일 때도
혼자일 때도 나를 갉아먹었어.

그렇게 깎아먹은 나는 더 나은 내가 되었을까.
어느 정도는 맞고 어느 정도는 틀린 것 같아.

언제든 후회할 일은 많겠지.
곱씹고 곱씹다 보면 더 나은 선택을 할 수 있었
을 테니까. 근데 그렇게 생각해낸 게 내가 하고
싶었던 진짜 마음일까 싶어. 너무 곱씹어서 단물
이 다 빠져버린 건 온전한 나일 수 없잖아.
있는 그대로 사랑한다는 말, 말은 참 쉽지만 정
말 어려운 일이지. 그래도 나는 있는 그대로의
나를 사랑하기 위해서 살고 싶어.

그래서 후회 안 해.
너한테 사랑받지 못해도 그 선택으로 나는 나를
더 사랑할 수 있을 테니까.
아마 먼 미래에 후회하게 될지도 모르겠어. 그런
데 그런 이유로 당장의 내 마음과 다른 선택을
하게 되면 나는 그걸 더 크게 후회할 거야. 가끔
그리워할 수는 있겠지. 그뿐인 거야.

나는 죽어도 후회 없는 지금을 살 거야.

그래서 너가 나를 좋아했잖아. 나도 그래서 나를

좋아하고.

너는 그때 아직 후회하니?

그러지 않았으면 하는 끝까지 이기적인 나야.

각자의 세상에서 잘 지내자, 우리.

그렇게 닮아버린 나는 더 나은 내가 되었을까.

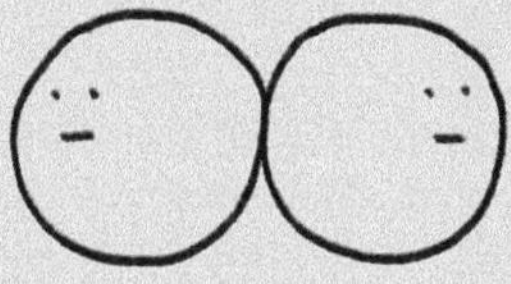

어느 정도는 맞고 어느 정도는 틀린 것 같아.

그가 두고 간 말

너를 영원히 사랑할 거야.

영원 속에 너를 가두고 놓지 않을 거야.

너는 영원 같은 건 이 세상에 존재하지 않는다고

하지만 내가 너에게 영원을 보여주고 말 거야.

제발 나를 사랑해줘.

나의 모든 하루는 너만을 위한 거야.

내가 가진 모든 것, 나의 숨과 나의 사소한 순간

들조차도 모두 너에게 다가가는 발걸음일 뿐이

야. 니가 없는 세상에서는 나의 모든 것은 의미

를 잃고 비틀거려. 나는 그저 무력해질 뿐이야.

너는 사랑조차도 무엇인지 모르겠다고 그랬지.

그렇게 사랑스러운 해맑은 표정을 지으면서 사랑

을 모른다고 하는 너가 사랑이 아니면 무엇일까.

너의 존재가 사랑인데 너의 세상이 이미 사랑으

로 가득 차서 알아채지 못하는 건 아닐까.

우리는 완벽한 하나가 될 거야.
꼭 들어맞는 서로의 조각이 될 거야.
서로가 서로를 영원히 채워줄 거야. 그러면 우리
는 존재만으로 완벽이 되겠지. 다른 세상은 하나
도 필요하지 않을 거야.

나를 살게 하는 사람아,
방황하는 너를 보는 것이 내 마음을 갈기갈기 찢
어놓고 나를 기어이 울게 하지만 결국 너는 나에
게로 돌아올 거라고 믿을 거야. 나는 영원히 너
를 사랑할 테니까. 그럴 수밖에 없게 되어버렸으
니까. 너만 존재하는 세상에 살고 있으니까.

니가 무엇이 되든, 어디에 있든, 너에게 닿을 곳
에서 너를 기다리고 있어.
너가 너무 밉지만 너를 사랑해버릴 수밖에 없는
나를 한 번만 다시 사랑해줘.

너가 너무 밉지만
너를 사랑해버릴 수밖에 없는 너를
한 번만 다시 사랑해줘.

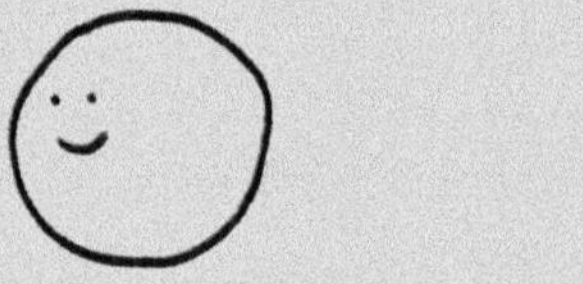

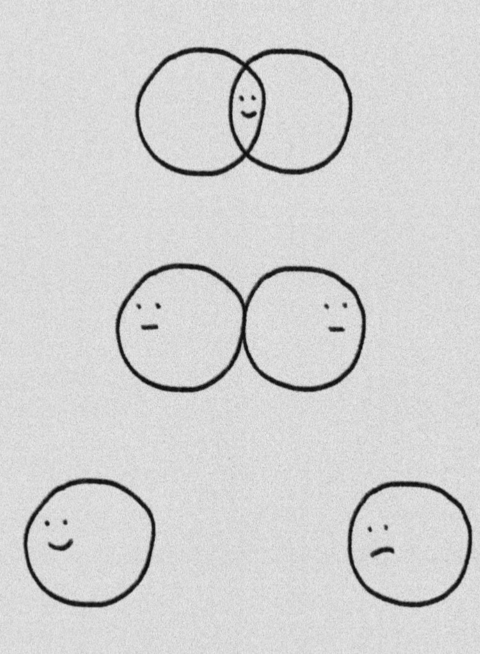

봄에 태어난 당신에게

또 봄이에요.

시간이 빠르다는 말을 내내 달고 살지만 어김없이 시간 참 빠르네 하고 한숨처럼 내뱉게 되네요.

사실 저는 봄을 그다지 좋아하지 않아요.
봄은 생각보다 따뜻하지 않고 생각보다 흐리다는 어느 책의 한 구절에 심히 공감하고 여전히 기억하고 있는 걸 보면 정말 그렇죠.

그런데 어쩌면 봄을 좋아할 수 있을 것도 같아요. 벚꽃이 흩날리고 노오란 개나리가 피어오르는 건 제 마음을 설레게 하지 않지만요.

봄에 피어나는 건 꽃이 전부가 아니더라고요.

당신이 피어난 이 계절을, 이제는 당신이라는 이
유 하나만으로 사랑할 수 있을 것 같아요.

꽃은 금방 사라지잖아요.
아무리 오래간다 해도 한 계절이면 더듬어볼 흔
적도 없이 사라져 더이상 볼 수 없다는 것은 늘
제 마음을 쓸쓸하게 해요. 아마 저는 생성보다
소멸에 마음을 두는 사람이라서 그런가 봐요.

봄에 핀 꽃은 금세 져버리지만, 당신은 봄에 피
어올라 지금껏 존재하잖아요. 그게 참 좋아요. 당
신과는 모든 계절을 함께 할 수 있는 것이요.

툭툭 맥없이 떨어지는 꽃을 보며 당신의 존재를
다시 생각해봐요. 봄 햇살 같은 당신의 온기에
새삼 감사하게 되는 하루네요.

생일 축하해요.
따뜻하고 기분 좋은 바람이 살랑이는, 흩날리는
벚꽃에서 소멸을 찾기보다 그 자체의 아름다움에

그저 넋 놓고 감탄하는 소중한 하루를 피우길 진
심으로 바라요.

당신이 피어난 이 계절을,
이제는 당신이라는 이유 하나만으로
사랑할 수 있을 것 같아요.

쓰는 사람에게

동경하는 건 언제나 너였어.

동경한다고 말하면 왠지 나의 부족함을 인정하는 것 같아서 아닌 척했었는데 이제 인정하려고. 동경하는 마음에서 그치지 않고 이제 내 것으로 만들어보려고.

내가 갖지 못한 너의 재능을 보면 언제나 질투가 났어. 그런 건 노력으로 되는 게 아니라서 영영 내 것이 될 수 없는 것이라고 생각했으니까. 너도 사실은 엄청 치열하게 고민했던 긴 밤들을 보냈을지도 모르는데 그냥 너는 노력도 없이 가진 재능이라고 폄하했을지도 모르겠어.

내 질투는 그렇게 못난 모양이라서 미안해.
내가 적당하게 꼭 맞는 말을 찾아 골머리를 앓는

동안 너는 척척 적확한 표현을 내놓아서 담백하
게도 강한 전율을 느끼게 하는 것이 나를 언제나
무력하게 했어.

나는 만두소가 다 삐져나와서 치덕치덕한 못난이
만두를 빚어내고 너는 주름 간격마저 완벽한 매
끈한 만두를 빚어내는 것 같아. 이거 봐, 난 이런
이야기를 해도 겨우 만두잖아. 아무래도 만두 이
야기로는 내 질투에 꼭 맞지는 못한 것 같아.

나는 내 것이 부끄러워서 쉬이 내놓지 못하는 것
들을 내놓지도 못하고 품지도 못한 채 엉거주춤
쥐고 있는데 너가 내놓은 것들은 내놓았다는 것
자체만으로도 빛이 나는 것 같았어.

너를 잘 안다고 생각하다가도 너의 것을 보면 다
시 또 감탄하고, 너를 몰랐다고 생각하게 하고,
너를 더 알고 싶어지고, 내가 아니라 너가 내놓
는 사람이라서 다행이라고도 생각했다가, 다시
또 너를 사랑하게 하지.

내가 가진 것은 그저 휘발되는 감정을 듬성듬성
구멍이 뚫린 그물로 겨우 건져 올려 붙잡아둔 한
때의 나를 스쳤던 것이지. 나조차 낯선 나의 것
이 나는 아직 부끄러워. 그러면서도 그것은 또
나를 관통하는 나만의 것이어서 나를 다 알게 할
까 봐, 그래서 나를 오해할까 봐 두렵게 해.

너도 그럴까?
너의 것도 나의 것처럼 스치는 것이었을까, 소중
하게 오래도록 품은 것이었을까, 부끄러운 것일
까, 온전하게 너의 것이라고 생각하는 것일까?

나는 너의 것에서 빙빙 헤매다가 답을 찾지 못하
고 질문만 한가득 안고 내가 되지.
그게 참 좋아. 나를 무력하게 하는 너라서, 언제
나 동경할 수 있는 너여서 너를 참 좋아해.

언젠가 나도 너가 될 거야.
그러면 그땐 나를 동경한다고 말해줘.

외할아버지께

거긴 어떤가요? 잘 지내고 계신가요?

당신이 세상에 존재하지 않고서야 당신을 떠올리는 요즘이에요. 당신을 떠올려도 떠오르는 건 사실 별로 없네요. 하지만 그 사실이 그다지 슬프지는 않아요.

당신이 기대어 있던 가죽 쇼파, 당신 허리춤의 벨트, 당신이 키우던 빨간 다라이의 식물들, 어린 시절 당신과 찍었던 한 장의 사진. 이것이 제가 당신을 기억하는 전부네요. 당신의 목소리가 기억나지 않는다는 것이 저를 퍽 쓸쓸하게 해요.

저는 당신의 이야기를 몰라요. 아마도 앞으로도 모를 테죠. 당신도 저의 이야기를 모르셨겠죠. 우리는 어설픈 타인이었을지도 모르겠네요.

당신이 떠나고서 사라지는 것에 대해 생각해요.
사라지는 것을 쉽게 여겼어요. 언제든 사라지고
싶었죠. 언제나 제가 가진 것만 버거웠거든요. 지
금 당장 사라져도 아무것도 아쉽지 않다는 생각
은 저의 오만이었을지도 모르겠어요. 사라지고 싶
다고 생각할 때면 사랑하고 싶지 않았고, 사랑하
는 것들과 멀어지고 싶었고, 사랑하지 않을 수
있을 거라 생각했어요. 다 틀렸죠.

당신의 끝을 가만히 생각해봐요.
끝이 다가온다는 걸 마주하고 가만히 누워서 하
얀 천장을 바라보는 마음에 대해서. 가늠할 수
없는 마음이, 가닿을 수 없는 마음이 한참이나
많다는 정도에 머무르다 어디에도 닿지 못하고
흐려지고 마네요.

당신과 마지막에서 저는 비겁했나요?
알아요. 저는 비겁했죠. 마르고 약해졌을 당신을
마주하면 울게 될까 봐 두려웠어요. 그 묵직한
공기를 감당할 수 없을 것 같아서요. 표현을 잘

못 하는 당신을 닮아서라는 말로 더 비겁한 변명
을 하네요.

당신을 보내주면서 당신이 저에게 준 소중한 존
재를 안았어요. 나와 닮은 눈동자를 가진 눈에서
흐르는 눈물이 생경했죠. 제가 당신에게 기쁨을
주었다는데 정말로 그랬을까요?

당신이 사라지고 자주 당신의 얼굴을 떠올리면서
눈을 떠요. 보고 싶을 줄 몰랐는데 보고 싶어요.

다시 만나자고 했던 마지막 말은 지키고 싶어요.
꼭 다시 만나요.

짝사랑에게

안녕,
이 흔한 말을 건네기가 니 앞에서는 왜 이렇게
어려운지 몰라. 우물쭈물 망설이다가도 숨겨지지
않게 부풀어 오른 것을 어쩌지 못하고 뱉어내고
만 마는 내 마음이야.

난 아마 덫에 걸린 걸까.
그게 아니라면 이렇게 온종일 너의 이름 앞에서
발을 헛디디고만 있지 않을 텐데.

아무리 생각해도 뭔가 이상하잖아.
너의 이름을 닳고 닳을 때까지 떠올리면 더 이상
떠오르지 않을까 해서 너를 생각하는 일에 골몰
하다가 하루가 다 끝나버렸는데도 아직 너에 대
해 생각할 것이 끝도 없이 펼쳐지기만 하는 것
이.

너를 생각하느라 아무것도 손에 안 잡히게 하면
서도, 너만 생각하면 또 뭐든 해내고 싶게 만드
는 게 말이 돼?

너는 나를 어떻게 생각하고 있을까, 아니, 나를
생각하기는 할까?
그런 생각을 하자마자 풀썩 시무룩해져서 이제
그만 마음을 멈춰야지 다짐을 해도 이미 너의 궤
도에 속절없이 이끌리는 터라 그런 다짐은 아무
힘이 없네. 어쩌다가 겁도 없이 너에 대한 마음
이 이토록 커져 버렸을까.

영화 같은 거 보면 누가 봐도 열면 안 되는 문
있잖아. '절대 열지마. 바보야' 숨죽이면서 한껏
작아진 마음으로 원망하면서 보게 되는 그런 장
면 말이야.

나 지금 그 문을 열어버린 것 같아.
너에게 상처받고, 좌절하고, 울고야 말 내 미래가
눈앞에 선한데도 자꾸 홀린 듯이 더 깊이 들어가

게 돼. 뚜벅뚜벅 너에게 가는 길이 미치도록 좋
으면서도 시작도 전에 너무 아프다.

니가 하는 모든 말에 의미부여를 하게 돼.
그 말은 어떤 의미로 한 걸까, 나한테 선을 긋는
걸까, 나를 좋아할지도 모르는 걸까.

하루에도 몇 번씩 요동치는 마음은 마음껏 일그
러지고 찌그러져. 너를 만나기 전엔 이 정도면
나로서 충분하다고 생각했는데 니 옆에만 서면
작아지는 마음 탓에 자꾸 나를 의심하게 돼.

니가 없는 시간은 끝이 보이지 않게 저만치나 펼
쳐져서 한없이 더디게 가. 너는 대체 무엇이길래
이렇게 내 마음을 재촉하는 걸까.

내 마음과 니 마음 사이에서 한참을 방황하다가
또 성큼 너의 문을 왈칵 열어버리고만 마는 나
야.

보고 싶다는 말이 이토록 내 것이었던 적이 있었
을까. 니가 보고 싶어.

시간이 많이 늦었네, 안녕.

보고싶다는 말이 이토록 내것이었던 적이 있었을까.
너가 보고 싶어.

사랑에게

그거 알아?

모두가 날 좋아할 수 없다는 말 있잖아. 필연적으로 누군가는 나를 미워할 수밖에 없다는 말. 그거 대체로 위로랍시고 하는 말이잖아. 원래 모두가 다 그래, 그러니까 너무 상심하지 마, 뭐 그렇게.

근데 나는 그 말이 왜 이렇게 속상한지 모르겠어. 나도 알거든, 내가 모두에게 좋은 사람일 수 없고 사랑받을 수 없다는 거. 나도 누군가를 시답지 않은 이유로 멀리하면서 왜 이렇게 받아들이기 힘들까.

사실 왜 그런지 알고 있긴 해.

여전히 나는 모두에게 사랑받고 싶다는 말도 안 되는 욕망을 품고 살기 때문이지. 더 많은 미움을 받다 보면 언젠가 나도 사랑받지 못할 수도 있다

는 것을 받아들이고야 마는 날이 올까. 그럼 그건
또 그것대로 속상할 것 같긴 한데, 아무튼.

내가 이 얘기를 왜 하는지 알아?
내가 말하기는 민망하긴 한데 그래도 말하고 싶
어. 사랑을 갈구하는 나를 더 사랑해줬으면 좋겠
어. 이미 니가 나를 사랑하고 있다는 건 알지만
그래도 더 사랑해주겠다고 망설임 없이 말해주면
좋겠어.

나는 뭐든 갖자마자 잃어버릴까 봐 불안해하고야
마는 사람이니까, 내가 가진 것을 마음껏 즐기지
못하고 들떠버린 마음을 누군가 알아채고 훔쳐
갈까 봐 전전긍긍하느라 불안을 더 꽉 쥐는 사람
이니까. 내 불안을 포옥 덮어줄 보드랍고 따뜻한
솜이불 같은 사랑을 해줘. 이런 말을 하면 니가
나한테 질려버릴까 봐 또 불안하긴 한데, 아무튼.

어쨌거나, 나는 불안해서 죽을 만큼 너를 사랑해!

눈동자에게

그날의 눈동자를 당신은 아시나요?

당신이 나를 쳐다보는 시선을 느끼고 당신을 바라봤을 때 당신은 눈이 휘어지게 웃고 있었어요. 당신이 그런 웃음을 가진 사람이라는 걸 그때 처음 알았죠. 그 이후로도 몇 번이나 당신은 나를 쳐다봤고 고개를 돌리면 어김없이 웃음을 짓고 있었죠. 기분 좋은 날인가보다 생각하는 사이 당신의 웃음은 지워지고 당신과 눈이 마주쳤어요.

빠져버릴 것 같이 깊은 눈동자였어요. 이성으로 빠져드는 것이 아니라, 말 그대로 풍덩 빠져들 것 같은. 정말로 내가 당신의 눈동자에 흘러 들어갈 것 같다는 말도 안 되는 생각을 하게 될 정도였죠. 당신과 나는 그리 가깝지도 않은 사이였는데, 당신은 분명 나를 잘 알지도 못

할 텐데 나의 모든 것을 다 들킬 것 같았어요.

그날을 당신은 기억할까요?
내가 어색함을 숨기려고 노력했다는 것을, 시선을 피하려고 했지만 당신의 눈동자가 궁금해져 내가 먼저 고개를 돌려 보게 되었다는 사실을 당신은 알았을까요?

당신을 만나고 집에 돌아와서도 한동안 당신의 눈동자를 생각했어요. 당신이 아니라 눈동자에 대해서요. 눈동자가 여전히 나를 응시하는 기분이었거든요. 다음에 또 만나면 눈동자에 대해 이야기를 해볼까 생각하다가 눈동자에서 발을 헛디뎌 정말로 풍덩 빠질까 봐 걱정이 됐어요.

그러다가 당신을 또 만났어요. 당신보다는 당신의 눈동자를 만나기를 기다렸어요.
그때 그 야경이 일렁이는 호수 같은 눈을 다시 볼 수 있을까 했죠. 다시 만난 당신의 눈동자는 그날의 눈동자가 아니었어요. 작은 검은 동공이었죠. 여전히 나를 응시하고 있는 것은 같았지만.

눈동자에 대해 이야기하고 싶은 마음은 사라지고
당신에 대해서 그리고 나에 대해서 이야기를 했
어요. 밤은 길었고 또 깊었고 달이 선명하게 반
짝이는 동안 더는 눈동자를 보지 않고도 서로를
이야기할 수 있었죠. 당신은 그날 당신의 눈동자
를 모르시겠죠.

다음에 만나면 당신이 그리도 깊은 눈동자를 가
진 적이 있다는 것을 알려줄까 봐요.

사랑이었을지도 모르는 이에게

그때 너를 사랑하지 않았다고 생각했다.
어디서 어떻게 지내고 있는지 궁금해도 알 길이
없기에 아무런 길에 멍하니 서서 흔적을 조용히
삭인다.

너랑 있으면 나는 더는 타인과 나를 비교하지 않
아도 됐었다. 너는 내가 싫어하는 나의 부분조차
도 너만의 이유만으로 귀여워하고 예뻐하고 칭찬
을 서슴지 않고 듬뿍 주었으니까.

나는 언제나처럼 또 이기적이었다.
너의 마음을 가볍게 여기는 건 아니야 라고 하면
서 누구보다 너를 가벼이 여겼던 건 나였을지도.

일이 힘들다는 얘기를 주구장창 늘어놓던 너의
앞에서 나도 때려치우고 싶다고 장난스럽게 하는

내 말에 진지한 표정으로 너가 돈을 다 벌어주겠
다고 그만두고 싶으면 그만두라던 너의 대답을
나는 어떻게 해석해야 했을까.

밤이 깊어갈수록 빛이 나던 너의 생기가 여전히
곁에서 반짝이는 것 같은 순간이 있다. 내가 하
는 말 한마디 한마디를 신기하게 바라보며 눈을
반짝이던 너를 가끔 떠올린다. 그때 우리가 보냈
던 짧은 시간이 마치 없었던 일 같아서, 길고 지
난한 꿈만 같아서 허상 같은 너를 멍하게 더듬어
보기만 한다.

침대에 모로 누워서 두 손을 마주 잡고 눈을 감
고 잠이 들 때면 같이 모로 누워서 내 뒤에서 내
한 손을 잡아주던 커다란 손의 온기를 기억한다.
그 온기를 떠올릴 때면 우연히 너를 다시 볼 수
있을 것만 같다.

나는 너를 사랑했던 걸까. 아직도 모르겠는 그때
의 내 마음을 너는 읽었을까.

인간에게

사람은 원래 선한가 악한가에 대해 고민해본 적
있어?

나는 사람은 두 가지를 다 타고 난다고 생각해서
그렇게 이분법적으로 나누는 것이 아무 의미가
없다고 생각하면서 살았는데 오늘 죽은 비둘기를
봤어. 거리에 죽어있는 피 묻은 비둘기를 바라봐
도 되나 싶으면서도 눈길이 가서 미안해지다가도
마지막을 아무도 모르는 게 더 너무한가 싶어서
눈길이 또 가더라고. 그러다가 문득 학교 앞에서
팔던 작고 연약한 병아리를 생각하게 됐어.

종이상자에 담겨서 할아버지가 파시던 그 병아리
들 있잖아. 애초에 병약해서 이름을 고심해서 지
어주고 잘 돌봐주려 해도 곧잘 생명을 잃어버리
는 그 연약한 병아리들.

우리 아빠는 동물 키우는 거 안 좋아했단 말이야. 그런데 어느 날 아빠가 병아리를 사와도 된다고 했었나 같이 사러 갔었나 그런 거까진 잘 기억이 안 나는데 아무튼 나도 병아리 한 마리를 데려왔어. 근데 그날이 비가 오는 날이었거든. 춥고 비 오는 날 비에 젖은 우리 병아리는 금세 죽고 말았어. 나는 아직도 춥고 비가 오는 날이면 그 병아리를 생각해. 내가 안 데려왔다면 비에 안 젖어서 안 죽었을까, 그 병아리는.

그런데 또 병아리 하면 잊히지 않는 기억이 있다?
나는 초등학생이었고 학교 마치는 시간이었던 것 같아. 시소가 있는 쪽에 애들이 막 몰려있는 거야. 그래서 나도 가봤지. 뭐가 있나 해서. 누가 그 병아리를 시소로 찧고 있었어. 그럴 수가 있나? 어떻게 그 작고 손으로만 품어도 부서질 것 같은 존재를 그렇게 파괴할 수가 있지? 빨갛게 물들어버린 그 노오란 깃털을 나는 아직도 잊지 못해.

인간이라는 건 참 잔인하고 무서운 거구나.
내가 인간이면서도 이 사실을 잊지 않으려고 노력해. 세상에는 내가 생각할 수 있는 범위 밖에 일들이 많다는 것도 그날 알았어. 그래서 난 지금도 범죄 영화를 잘 못 봐. 내가 생각할 수 있는 범위 밖의 인간의 행태를 관망하는 것이 괜히 껄끄러워서. 내가 생각지도 못했던 것이 내가 생각할 수 있는 것이 된다는 게 무서워서.

말도 안 되는 일이 참 많지.
그런 일들에 담담해지는 날은 영영 오지 않을 것 같긴 한데, 고통이 너무 짙어서 눈감고 싶은 일에 끝까지 분노할 수 있을까. 나의 고통이 아니라는 것에 안도감을 느끼는 것에 그치는 날이 오면 어쩌지. 나는 우리가 끔찍한 고통들에 오래도록 괴롭고 불편해서 잠을 못 이루면 좋겠어. 사람이 선하게 태어났는지 악하게 태어났는지 여전히 중요하지 않다고 생각해. 그래도 우리가 서로에게 선한 존재가 되어가는 다정함을 잃지 않으면 좋겠다.

나는 우리가 끔찍한 고통들에
오래도록 괴롭고 불편해서 잠을 못 이루면 좋겠어.

우리가 서로에게 선한 존재가 되어가는
다정함을 잃지 않으면 좋겠다.

나보다 어렸던 엄마에게

나보다 어린 너는 온통 내 세상이었지.
너만 있으면 나는 무엇이든 해낼 수 있었고, 다른 사람 같은 건 필요하지도 않았고, 그저 너 하나로 충분하다 못해 넘쳐흐르는 날들이었지. 그무엇과도 너를 바꿀 수 없었어.

니가 내 앞에서 잠시라도 사라지면 내 세상은 처절하게 붕괴되어 아무 의미가 없어지고 나는 모래언덕뿐인 사막 같은 세상에 혼자 덩그러니 놓인 기분이었어.

악몽을 꾸고 잠이 깬 날에는 괜히 더 찡찡대면서 너를 찾았고, 괜히 등을 긁어달라고 하고, 잠들기전에 니가 나를 토닥여주는 게 좋아서 니가 먼저 잠이 들면 뒤척여서 그 토닥임이 끝이 나지 않길바랐어.

그때마다 너는 지친 기색 없이 나의 투정을 받아
줬지. 내가 그렇게 대단한 사랑을 야금야금 채워
가면서 자라왔다니 새삼 내 존재가 특별하게 느
껴지네.

지금에서야 생각하면 너도 참 어리고 투정부리고
싶을 나이였을 텐데 버거웠겠다 싶어.
앞에 놓인 미래들이 얼마나 막막했을까? 캄캄하
고 긴 밤들이 얼마나 무서웠을까? 그런 너의 걱
정과 불안은 누가 안아주고 달래줬을까?
그런 생각이 꼬리에 꼬리를 물고 늘어지면 아득
해져.

가장 예쁘다고 하는 나이에 거울을 바라볼 새나
있었을까?
너 자체로 빛나고 예뻤을 나이가 휘리릭 지나가
서 기억도 잘 안 나지 않을까? 어떤 고민을 하
고 어떤 것들을 좋아하고 어떤 것들을 하고 싶은
지 생각할 여유 따위 사치라고 생각하진 않았을
까? 너의 청춘에 정작 니가 없진 않았을까? 나에

게 사랑을 듬뿍 부어준 너는 너 스스로도 아끼고 사랑해 줬을까?

너는 그렇게 사랑을 습관처럼 주면서도 항상 미안해하는 쪽이었지.
잘해준 것만 생각해도 끝이 없을 텐데 미안한 것만 먼저 떠올렸잖아. 나는 니가 더는 미안해하지 않고 스스로를 자랑스러워하면 좋겠어. 너 그동안 참 애쓰고 고생했어. 더 미안해하지 않아도 돼. 이제 미안함을 놓아주자.

지금까지의 너가 나를 나로 있게 했지.
니가 힘겹게 걸어온 날들의 조각들이 나라는 퍼즐이 됐어. 너는 제법 그 퍼즐을 자랑스러워하는 것 같아서 참 다행이야. 나에게 삶을 놓아주어서 고마워. 요즘 나는 내 삶이 바다 속에 반짝이는 진주알처럼 소중해. 그런 소중한 것을 나에게 선물해줘서 고마워. 너가 선물해준 나랑 재미있게 잘 지내볼게.

너의 앞에 놓인 미래는 아직도 광활하잖아.
너는 잘하는 것들이 참 많으니까 니가 하고 싶은
것들을 마음속에 꽁꽁 닫아두진 않았으면 좋겠
어. 니가 좋아하는 것을 마음껏 더 좋아하면 좋
겠어.

우리 앞에 놓인 시간들에서 더 자주 함께하면서
사랑과 행복을 마주하자.
사랑해!

네가 힘겹게 걸어온 날들의 조각들이
나라는 퍼즐이 됐어.
너는 제법 그 퍼즐을 자랑스러워하는 것 같아서
참 다행이야.
나에게 삶을 놓아주어서 고마워.

미래의 아이에게

아이야, 너를 가만히 바라보고 있으면 왜 이렇게 왈칵 눈물이 날 것 같은지 모르겠어.

너의 존재만으로 너무나도 사랑스러워서 영영 곁에 두고 너의 모든 순간을 알고 싶은데, 내가 예전에 그랬듯이 너도 혼자만의 길로 뚜벅뚜벅 걸어가 영영 멀어질 것 같아서 벌써 그 순간이 아리다.

너의 앞에 놓인 삶들에 버겁지는 않니?
그 모호한 질문을 품으면 나는 한없이 너에게 미안해져.

내가 너 정도일 때 나는 내가 가진 무수한 앞날들이 너무 광활한 것 같아서 그 막막함에 숨이 멎어버릴 것 같았어. 광활하게 넓은 세상에서 너무나도 작은 나의 존재마저도 나에게는 너무 커

서 숨통을 조이는 날들이 이어졌지. 주변을 돌아
봐도 삶을 두고 행복해 보이는 이는 찾아보기 힘
들었어. 다들 산소 호흡기를 달아야만 겨우 숨
쉴 수 있는 환자처럼 숨을 헐떡이며 살아갔거든.

당장 나의 앞의 내일을 열고 싶지 않았으니 아이
를 위해서 아이는 갖지 말아야지 생각했어. 그때
의 생각이 옳은지 지금의 선택이 옳은지는 잘 모
르겠어. 나는 너의 존재로 너무 많은 것을 잃고
또 가졌지만 너는 원하지 않는 것이었을 수도 있
으니까. 내가 멋대로 놓아버린 시간들이 너를 너
무 괴롭히지는 않았으면 좋겠는데. 그것도 나의
이기적인 바람이지. 나이가 한참이나 더 들었어
도 모르는 것투성이라서 참 미안하다.

미안함에 대해 생각하면 끝도 없어. 왜 이렇게
잘해주지 못한 것들만 떠오르는지 모르겠네. 잘
해주고 싶은 마음 탓이라고 생각해주겠니?

내가 너만할 때 겨울과 여름 사이에는 봄과 가을

이라는 따사로운 계절들이 있었고, 여름의 바다는 시원했고 해파리도 많이 없어서 자유롭게 뛰어들 수 있었지. 가을엔 세상이 온통 빨갛고 노랗게 물들어 갔고, 비는 지금처럼 이렇게 멋대로 왈칵 쏟아지는 일이 거의 없었고, 세상엔 더 많은 새들이 자유로이 날아다니고 더 많은 동물들이 우리와 함께 숨 쉬며 살아갔는데. 그런 세상이 자꾸 작아지고 있어.

나만의 탓은 아니지만 세상을 볼 때마다 너에게 면목이 없어져. 이런 세상일 줄 알았으면서도 너를 멋대로 사랑해서 더 면목이 없다.

갈수록 더 비정해지는 세상이지.
서로를 더 비교하고 경쟁하고 스스로를 갉아먹으며 잃어버리기가 너무 쉬워지고 있어.
비교할 필요 없이 사람은 모두 각자 앞에 놓인 생이 있다는 것 자체로 경이롭다는 것을 잊지 말고 살아갔으면 한다. 각자의 속도로 살아가는 것이 중요한 것이지. 너는 너의 속도에 발맞춰 그

냥 살아가면 되는 거야. 그걸 받아들이고 주어진
하루에 흠뻑 젖으면 너의 삶이 덜 버거워질 거
야.

살다보면 사는 게 그리 나쁘지 않은 순간도 있더
라. 정신을 못 차릴 만큼 들뜨고 황홀한 순간들
도 물론이고.
그때 크게 숨을 들이쉬고 그 순간을 기억해.
그게 너를 오래도록 살아가게 해줄 거야.
언제든 사랑하는 것도 잊지 말고.

잔소리라 생각하기 전에 마무리하련다.
그저 건강만 해다오, 이 말을 이제 이해할 수 있
겠네. 너를 만나고서야 진정으로 존재를 사랑하
는 법을 알게 되었어. 너를 만나기 위해 삶을 버
텼던 걸까 싶어.

이 말들이 너에게 부담이 되진 않았으면 한다.
그저 비틀거리는 너의 뒤에 언제나 내가 있을 거
라는 걸 알아다오.

Rose

우리 우주에 갈까?
너랑 나 단둘이서.

내가 좋아하는 별이랑 달 실컷 보면서 밤새도록
이야기하는 거야. 너랑 얘기할 때면 시간이 언제
이렇게 훅 지나가 버렸나 시계를 보면서 놀라곤
하니까 놀랄 일도 없게 시계도 없는, 얼마든 시
간이 흘러도 상관없는 우주에 가자.

거기서 또 뭐하지 우리?
어린왕자는 해지는 거 보려고 의자를 조금씩 옮
기면서 해지는 순간을 영원으로 만들었다던데 우
리에겐 의자도 없을 테니까 너가 의자를 만들어
줄래? 우리 별에도 바오밥 나무가 있으려나? 나
무가 없을 수도 있으니까 의자는 못 가질지도 모
르겠네.

그러면 우리는 해지는 거 보려면 달리기를 하자.
계속 달리는 거야. 숨을 헐떡이면서 내 심장 소
리가 귓가에까지 울리도록 달리면서 일몰 사냥하
는 우리 둘 너무 낭만적이지 않을까?

근데 있잖아, 우리가 있는 곳은 어린왕자 별보단
컸으면 좋겠어. 너랑 아무것도 없는 별에서 아무
거나 우리 걸로 만들면서 밤새 떠들려면 이왕이
면 큰 게 좋을 테니까.

내가 어린왕자하고 너는 장미가 되는 거야.
유리병도 없을 수도 있겠다. 그래도 내가 너 지
켜줄게. 우리 둘뿐일 테니까 지킬 이유도 없을
테지만 그래도 내가 너를 지킬래.

니가 좋아하는 영화가 없어서 아쉬우려나?
그럼 뭐 어때, 우리가 영화가 되자.
우주까지나 갔는데 뭐든 할 수 있겠지.

그럼 뭐 어때,
우리가 영화가 되자.
우주까지나 갔는데 뭐든 할 수 있겠지.

다정한 사람에게

당신에게로 가는 발걸음마다 나는 녹아내려요.
꽁꽁 뭉쳐놓고서는 느슨해져서는 안 된다며 한껏
다그쳐놓은 마음이 스르르 풀리고 끝내 울렁거려
넘쳐흘러요.

당신은 나의 구원이에요.
당신과 함께한다면 어쩌면 다시 힘을 내볼 수도
있겠다, 그리 얄궂은 세상이지만은 않겠다는 마
음이 불쑥불쑥 고개를 들거든요.

당신은 걱정이 꽉꽉 눌러 담겨있는 마음을 뒤집
어 먼지 한 톨도 안 남을 때까지 후련하게 털어
놓을 수 있도록 가만히 이야기를 들어주잖아요.
그 이야기를 조용히 들은 후에 눈을 마주치고 빙
그레 웃어주는 당신이 있다면 나도 당신의 표정
을 따라 빙그레 웃음 지을 수 있게 되네요.

당신은 탈수가 끝난 빨래처럼 구겨지고 축축하게
젖은 내 마음을 탈탈 털어 빳빳해지도록 펴줘요.
그리고는 당신이 햇살이 되길 자처해 포근한 햇
살냄새를 입혀주고 바짝 말려주죠. 그런 당신 덕
분에 콩콩대며 다시 세상에 호기심을 가지고 두
리번댈 수 있는 기운이 생겨요.

나는 당신이 다음번에 나와 같이 하고 싶은 것들
을 나열해주는 것이 좋아요.
내가 생각하는 것만큼 나도 당신에게 중요한 사
람일까 소심한 고민을 하며 망설이다 마는 나에
게 기꺼이 당신의 시간을 펼쳐주는 게 좋아요.

마음속에 있는 좋은 감정을 묵혀두지 않고 꺼내
어 보여주는 당신이 좋아요.
거기에선 당신의 부끄러움보다 나를 더 소중하게
여겨주는 듯한 마음이 비치거든요.

말랑말랑해서 조물락거리고 싶은 온기를 내뿜는
당신은 누구보다 단단한 중심을 가지고 있는 것

같아요. 빛나는 다이아몬드를 마음속에 가지고
있나 봐요.

그 마음을 가지게 되기까지 당신은 얼마나 다정
을 노력했을까요? 일상의 어느 곳에나 흘러 다니
는 우울과 슬픔을 기꺼이 건져 올리는 당신의 마
음은 얼마나 넓고 깊은 걸까요? 그러기까지 얼마
나 많은 우울과 슬픔을 온 몸으로 품어 냈을까요?

그런 당신과 함께하면 더 나은 사람이 되고 싶어
져요. 당신에게 더 좋은 사람이 되고 싶고, 당신
도 나에게 기댈 수 있도록 든든한 존재가 되고
싶고, 잘해 내고 싶어져요, 뭐든.
내가 조금이라도 좋은 사람이 되었다면 그것은
모두 당신이 곁에 있기 때문이에요.

누구든 사랑할 수 있게 하는 힘도 모두 당신에게
빌려온 것들이죠. 빌린 마음을 갚기도 전에 또
무기한으로 사랑을 내어주는 당신을 나는 언제나
사랑하고야 맙니다.

내가 조금이라도 좋은 사람이 되었다면
그것은 모두 당신이 곁에 있기 때문이에요.

우울에 빠진 너에게

오늘 잠은 잘 잤어? 밥은 챙겨먹었고?

무슨 말을 어디서부터 해야할까.
아무 말 없이 그저 옆에 같이 누워서 곁에 멍하
게 있다가 조용히 가는 게 더 좋으려나?

한때 나의 모든 것을 꽉 눌러서 아무것도 못하게
하던, 인생을 물먹은 신문지처럼 축 늘어져 한없
이 무겁고 버겁게 하던 우울이 이제 너의 것이라
고 하니 마음이 더 무너진다.

슬픔의 모양은 각자의 것이 다 달라서 타인의 슬
픔에 우리는 절대 닿을 수 없다는 말이 이토록
잔인하게 들릴 수 있을까. 나의 모든 말들이 너
에게 하나도 닿지 못하고 오히려 독이 될까봐 망
설여져.

나의 우울은 어떤 모양이었더라.

좁은 방에 있는 나 혼자만으로도 너무 많은 것 같아서 도망가고 싶어도 도망가기는커녕 일어설 힘조차 없던 날들이 이어지고 그게 나의 전부일 것 같았어.

그때마다 니가 내 곁에 있어주었는데.

아무말이나 내뱉으며 실없이 웃는 너를 옆에 두고 있으면 그래도 존재는 할 수 있을 것 같았어. 니가 가고 나면 또 금방 숨쉬는 것도 버거웠지만. 지금의 나도 너의 곁이 되고 싶은데 그래도 될까.

겁이 많고 창의적이지 못해 살아있는 나와는 다르게, 할 줄 아는 것도 많고 재밌는 생각도 곧잘 해내는 니가 나의 상상이 닿지 못하는 생각으로 세상에서 사라져버릴까봐 무서워. 어떻게든 너를 내가 꼭 붙잡을테니까 우리 오래도록 서로의 곁이 되어주자.

나 그때는 그런 말 다 거짓말인 줄 알았거든.
해뜨기 전이 가장 어둡다는 둥하는 상투적인 좋
은 말들 있잖아. 니들이 뭘 알고 그런 거지같은
희망을 지껄여, 뭐 그런 마음이었는데.

지금 너한테도 하나도 와닿지 않는 말들이겠지.
노력해도 제자리인 것 같을 거고. 노력할 힘도
없을 테고. 자꾸 우울이 너를 갉아먹어서 니가
없어질 것 같을 거고. 그래도 힘을 내보라는 그런
거지같은 말은 안 할게.

편지를 써서 조금이라도 너의 마음을 채워주고
싶었는데 아무래도 잘 해내진 못한 것 같아.
세상엔 이렇게 마음같지 않은 어려운 일 투성이
지. 원래 다 그런 거 아닐까. 하려고 했던 마음의
근처에도 가지 못하고, 맴돌고, 지겹고, 못났고.
그러니까 우리 같이 데굴데굴 실없이 굴러가자.

손뻗으면 닿을 곳에 내 마음이 언제나 있을게.
니가 미워하는 모든 너의 순간조차도 내가 사랑

해 줄게.

너는 있는 그대로 너무 소중하니까.
너의 존재를 사랑해.

손뻗으면 닿을 곳에 내 마음이 언제나 있을게.
너가 미뤄하는 모든 너의 순간조차도
내가 사랑해줄게.

너는 있는 그대로 너무 소중하니까.
너의 존재를 사랑해.

걱정에 젖은 너에게

비가 막 억수같이 쏟아지는 날에 밖에 뛰어나가서 온몸으로 비 맞아본 적 있어?

난 있는데.

처음에 비가 올 때는 얼른 비를 피할 만한 곳을 찾아야지 싶다가, 머리부터 축축하게 젖기 시작하면 볼 사람이 없어도 괜히 지금의 내 모습이 얼마나 우스워 보일까 신경 쓰이고, 축축하게 무거워진 신발이 거슬리고, 신발 안으로 들어온 비 때문에 양말이 걸을 때마다 추적거리고, 옷도 몸에 달라붙어서 걸리적거린단 말이야. 그런데 진짜 어찌할 도리도 없이 속옷까지 쫄딱 젖어버리잖아. 그러면 그때 나는 더 젖으려야 젖을 수도 없고 더 망가지려야 망가질 수도 없는 거야. 그냥 비에 젖은 게 다인 거지. 더 나빠지는 건 없는 거야.

아, 비 때문에 감기에 걸릴지는 모르겠다. 근데 감기는 잠시고 비에 쫄딱 젖은 기억은 오래가잖아.

홀딱 젖고 나면 내가 선택할 수 있는 건 두 가지야. 여전히 찝찝함에 몰두하면서 하나도 되는 일이 없다고 불평하거나, 자주 오지 않는 이 특별한 감각을 즐기기 시작하는 거지.

평소에는 피해 다니던 물웅덩이도 괜히 푹푹 밟아보고, 점프해서 뛰어들어도 보고, 청춘 영화 주인공이 된 것처럼 괜히 낭만에 젖어도 보고, 비 오는 거리를 달려도 보고, 멍하니 가만히 서 있어 보기도 하는 거지.

사는 게 다 그런 거 아닐까.
비 맞는 것처럼 성가시다고 생각했던 일도, 더 나빠질지도 모른다고 생각하는 고민들도, 막상 뛰어들어서 경험이 되면 예상만큼 큰일은 아닌 것. 어쩌면 신나게 즐길 수도 있는 것.

니가 지금 하는 걱정을 가볍게 치부하는 게 아니
야. 너를 사랑한다는 이유로 강요하고 싶은 것도
아니고.

그냥 정말 나는 너를 믿으니까, 니가 덜 망설이
고 즐길 수 있도록 작은 용기가 되고 싶어. 우산
은 되지 못하겠지만 너랑 같이 흠뻑 비를 맞아줄
래.

혹시 모르잖아, 비처럼 쏟아지는 너의 걱정에 흠
뻑 젖어서 실컷 망가지고 나면 후회 없을지도!

우산은 되지 못하겠지만
너랑 같이 흠뻑 비를 맞아줄래.

생일을 함께하는 너에게

생일이 되면 어김없이 나는 울고 말아.

이 세상에 태어났다면 누구나 가지고 있는 그 특별하지 않은 날이 나에게는 특별하게 느껴져서일까. 생일만 되면 어쩜 그렇게 세상에 아무도 없는 것 같은 외로움이 느껴지는지 모르겠어.
나 혼자 이 세상에 나온 것도 아니면서 왠지 모든 게 내 몫같이 느껴지는 날이야.

어릴 때는 생일에 초를 부는 게 좋았나, 선물을 고르는 게 좋았나, 케이크를 먹는 게 좋았나, 전부 다 좋았나 모르겠는데 생일이 끝나자마자 다음 해 생일만 기다릴 만큼 생일을 좋아했거든.
그 특별함이 점점 흐려져서일까? 이제는 생일을 맞는 게 유쾌하지가 않아.

내 생일은 12월이거든.

연말에 가까워서 그런가. 올해도 나는 또 아무것도 되지 못했다고 생각해서 그런가. 되고 싶은 아무것이 없었으면서도 아무것이 되지 못해서 쓸쓸해지는 생일을 나는 어찌해야 할지 도무지 모르겠어.

나의 울렁거리는 마음과는 다르게 놀라울 만큼 아무 일도 일어나지 않고 그러면서도 놀라울 만큼 사랑을 느낄 수 있는 것이 기묘해.

생일이 되었다는 건 나이가 들어간다는 것이겠지. 그건 그저 숫자만 늘어가는 일이 아니라 나를 어떤 방식으로든 지탱해주는 수많은 존재들의 따뜻한 걱정과 사랑과 시간이 차곡차곡 쌓여야지만 비로소 무탈히 기념할 수 있는 묘한 일인 것 같다는 생각을 요즘에는 제법 해.

내가 나의 자리를 굳건히 또 지켰다는 대견한 마음에 울적해지는 것일지도 모르겠어. 나는 자주 한없이 흔들려 뿌리뽑히고 싶은 마음과 함께 한 해를 보냈으니까. 나를 잃어버리지 않았다는 안도감과 잃어버리지 못했다는 허탈함이 동시에 오는 것일지도 몰라.

나 맨날 내 생일 때만 되면 이렇게 투정 부리는 거 알지?
그럼에도 불구하고 여전히 나의 곁에서 대상 없는 투정과 아쉬움을 아무 말 없이 들어주고 마음을 나누어주어서 감사해. 나조차도 나를 이해할 수 없지만 온전히 이해한다고 할 수 있는 건 아무것도 없는 너로 인해서 위로를 받고 사랑을 느끼는 건 정말 경이로운 일이야.

너가 함께하니까 아무래도 태어나길 잘했네!
조금만 울고 너랑 함께 하는 시간을 만끽할래.
함께 해줘서 고마워.

나는 자주 한없이 흔들려 뿌리뽑히고 싶은 마음과
함께 한 해를 보냈으니까.

나를 잃어버리지 않았다는 안도감과
잃어버리지 못했다는 허탈함이
동시에 오는 것일지도 몰라.

연말에 만난 너에게

어떻게, 잘 지냈어?

이번에도 우리 달력의 마지막 페이지까지 열심히
달려왔네. 열심히 달려왔다고 하기엔 사실 좀 뭣
하지. 우리가 멈추든 말든 상관없이 시간은 알아
서 열심히 가니까.

그래도 이왕이면 마지막 페이지에 서 있으니까
열심히 잘 지냈다고 해버리자.
마라톤도 결승선 앞에서는 괜히 없던 힘도 더 짜
내서 힘껏 달리는 것처럼.

좋은 기분을 자주 느꼈던 한 해를 보냈길 바라.
그 기억들 속에 내가 자주 있었다면 더 좋겠고.
어떤 좋은 일들이 많았는지 오늘 밤이 다 지나도
록 듣고 싶어.

근데 말 안 해줘도 좋아. 남에게 말하기 아까울
만큼 소중한 너만의 비밀스러운 행복이 가득했다
면 더 좋을 테니까.

나빴다면 이 마지막 페이지에 훌훌 털어버리고
넘어가자. 혹여나 망쳤다고 생각된다면 신나게
더 망쳐버리고 후회 없이 넘기자.
나쁜 건 이 페이지에 마음껏 낙서하고 꾸깃꾸깃
접어서 던져버리고 새 페이지에 다시 잘 그려 가
면 되니까.

연말이라는 게 이게 참 좋아.
끝이라는 게 있다는 게.
끝은 새로운 시작이라는 말이 참 잘 어울리는 순
간이 바로 지금이지.

사실 숫자만 바뀌는 건데 그걸로 마음에 뒤숭숭
해졌다가 들뜨기도 했다가 하는 건 참 이상하지.
근데 난 우리가 그런 이상한 존재라서 참 좋아.

오늘 우리가 부딪치는 술 한 잔마다 행운을 빌어
주자. 연말이라는 핑계를 대고 아무렇게나 사랑
을 주렁주렁 늘어놓자.

너만의 몫을 고스란히, 묵묵히, 게다가 사랑스럽
게 지켜내느라 참 고생 많았다, 올해!
CHEERS!

오늘 우리가 부딪치는 술 한 잔마다
행운을 빌어주자!

연말이라는 핑계를 대고
아무렇게나 사랑을 주렁주렁 늘어놓자!

지친 나에게

괜찮아? 지쳐 보인다.
지칠 만도 하지. 바쁘게 살았잖아.

채워지지 않는 갈증을 채우려고 허둥댔던 나는
공허에 삼켜졌어.

사막에서는 물이 있는 오아시스를 찾아다니잖아.
물이 많은 곳에서는 물에 관해서 더 얘기할 필요
가 없지. 너는 사랑을 많이 말하더라. 언뜻 보면
부족할 것 없는 사랑 속에 있는 것 같았지만 오
래 두고 보면 아니었어. 턱 끝에 차오르는 공허
속에서 허우적대면서 제발 좀 구해달라며 날 좀
사랑해달라는 반증 같았어.

'넌 다른 사람과 좀 다른 것 같아. 특이해. 근데
나쁜 말은 아니고 좋은 쪽으로' 라는 말을 들으면

그 말 속에서 빙빙 돌았어.

다른 사람과 어떻게 다른 걸까, 그게 나를 밉보

이게 하지 않을까, 정말 좋은 게 맞을까.

온통 쉽게 사랑해버리고 쉽게 미워해버리는 나는

감정을 온몸에 듬뿍 묻히고 다녀서 들킨다는 말

도 무색하게 티가 나지.

그런데 다른 사람들은 그렇지가 않았어.

그러면 나는 사람이 가득한 축제 속에서 엄마 손

을 놓쳐버린 아이처럼 멍하게 어쩔 줄을 모르는

거야.

사람을 많이 만나면서 생각해보면 그만큼 상처도

많이 났던 것 같아. 그 사람이 나에게 주는 상처

든, 내가 그 사람에게 대하는 차가운 태도에 도

리어 내가 놀라 받는 상처든, 뭐든.

인지할 만큼 깊은 상처들은 아니었지. 그냥 자

주 얕게 베인 거야. 정신 차리고 보면 아린 상처

들이 남았어. 근데 그 별거 아닌 작은 상처가 또

아픈 거야. 나 아프니까 좀 봐줘, 투정부리고 싶
어지는 내가 또 싫어져.

나는 사랑받고 싶었어. 하지만 실패한 것 같아.
내가 나를 외롭게 해.

조금 놓아주자, 사랑을.
너무 꽉 쥐면 다 새어나가니까.

조급함은 너를 숨 가쁘게 하잖아.
해야 할 것과 만나야할 것들에 쫓기는 그 삶이
그리 완전하지 않잖아.

너무 애쓰지 않아도 돼, 뭐든.
아무 것도 아닌 것 같은 공허의 시간이 너를 숨
쉬게 해줄 거야. 서두르지 않아도 아무도 재촉하
지 않으니까 차분하게 호흡을 들이마시고 내쉬
자.

이제는 허울뿐인 사랑을 그만두자.

아빠에게

당신이 이 글들을 읽을 일이 있을까?
없기를 바라. 있었으면 하기도 하지만.

난 이렇게 제법 사랑이 담뿍 담긴 글을 쓸 줄 아
는 사람으로 자랐어. 대견하지?
당신으로부터 받은 사랑 덕분이라는 진부한 말을
기대했다면 미안해. 사실 내 마음 아주 깊은 곳
에는 미워하는 마음이 그득그득 차있어서 자주
징그럽고 구질구질한 마음에 괴로워하는데, 그걸
당신은 알까?

당신을 어릴 때 아주 미워했어, 나.
아무리 누구나 다 처음이라 서툰 순간이 있다고
는 하지만 그런 말로 포장하려고 몇 번이고 노력
해봐도 안 되는 건 안 되는 거더라.

이 글들을 쓴 이유, 아니, 내가 글을 써야겠다고
오래 전부터 마음속에 담아둔 건 사랑을 쓰려는
게 아니었던 것 같아. 처음엔 몰랐는데 쓰는 마
음을 따라가다 보니 알겠더라. 미워하는 마음을
쓰려던 거였어. 그 마음들의 끝엔 당신이 있더라.
그 마음이 오래도록 나를 옭아맸어.

감히 내가 당신을 미워해도 되는 걸까, 그럴 자
격이 있는 걸까, 함부로 그런 마음을 가져도 되
는 걸까. 여전히 그 마음들의 답은 동그라미이기
보다 세모야. 하긴 세상엔 동그라미인 답보다 세
모인 답이 더 많으니까. 이젠 그런 마음을 품는
나에게 너무 죄책감을 느끼진 않으려고.

남을 당신의 잣대로 함부로 평가하고 판단하는
것이 나를 참 많이 힘들게 했어.
가장 가까이 있는 사람이 매일 타인을 재단해내
는 환경에 놓여있으면 내 모든 행동과 말, 생김
새가 매순간 누군가에 의해 평가당할 것 같거든.

아무도 날 바라보고 있지 않아도 언제나 나를 보고 있을 상상의 눈이 나를 자유롭지 못하게 했어. 내가 남들에게 취향을 잘 밝히지 못하는 이유도, 혼자 글로 써내는 이야기를 사람들 앞에서 말로는 술술 잘 내뱉지 못하는 것도 다 그 때문인 것 같아.

나는 철저하게 타인을 판단하는 사람이 되지 않기 위한 노력을 해야 했어.
어쩌다가 내가 타인의 단점을 발견하면 나는 죄인이 된 기분이었어. 당신의 평가에서 나는 너무 괴로웠으니까, 나의 생각만으로 누군가가 괴로워질지도 모른다는 상상이 나를 조여 왔어.

그래서 나는 어떤 것이든 세모인 어른이 됐어.
뭐든지 그럴 수도 있는 일이었지.
좋은 일도, 나쁜 일도, 일어나선 안 됐던 일도, 슬픈 일도, 속상한 일도 모두 그냥 그럴 수 있는 거야.

그런데 세모의 마음은 가끔 세상을 너무 모호하게 해. 흔들리는 버스에서 손잡이를 미처 못 잡고 서서 불안하게 휘청이는 사람처럼 어떤 중심도 못 잡고 흔들리게 해. 남의 글을 아무리 많이 읽고, 남의 말을 아무리 많이 들어도 이것도 저것도 다 그럴 수 있을 것 같으니까. 그럴 수 없는 일마저 그럴 수 있는 것이라고 생각해버릴까 봐 무서워.

어릴 때 사슬이 채워진 어린 코끼리가 어른이 되어 사슬이 없어져도 벗어나려는 시도를 포기해버리는 것처럼 나는 당신이 한참 전에 풀어준 사슬에 아직 묶여있는 걸지도 모르겠네. 그러면서도 여전히 당신을 탓하고 미워한다고 하는 건지도.

당신을 미워했고 여전히 미움이 녹지 않고 살아있지만 사실 그 덕분인 것도 많아.
내가 평가하지 않는 사람이라서 나에게 마음을 터놓는 친구들이 많고, 사람들도 둥글둥글 해보이는 나를 친근하게 생각해주고, 말을 잘 못 내

뱉는 탓에 이렇게 글도 쓰고 있잖아.

이렇게 미워하는 마음을 쓰게 되면 홀가분할 거
라고 생각했는데 꼭 그렇지만도 않네.
여전히 또 세모의 마음이야.
세상은 참 모호하지.

당신께 쓴다는 이유만으로 사랑한다는 진부한 말
로 끝내진 않을게. 어차피 사랑하는 마음은 알고
있잖아.

오늘은 미워하는 마음을 알아줘.
나는 당신을 미워해.

처음엔 몰랐는데 쓰는 마음을 따라가다 보니 알겠더라.
미워하는 마음을 쓰려던 거였어.

오늘은 미워하는 마음을 알아줘.
나는 당신을 미워해.

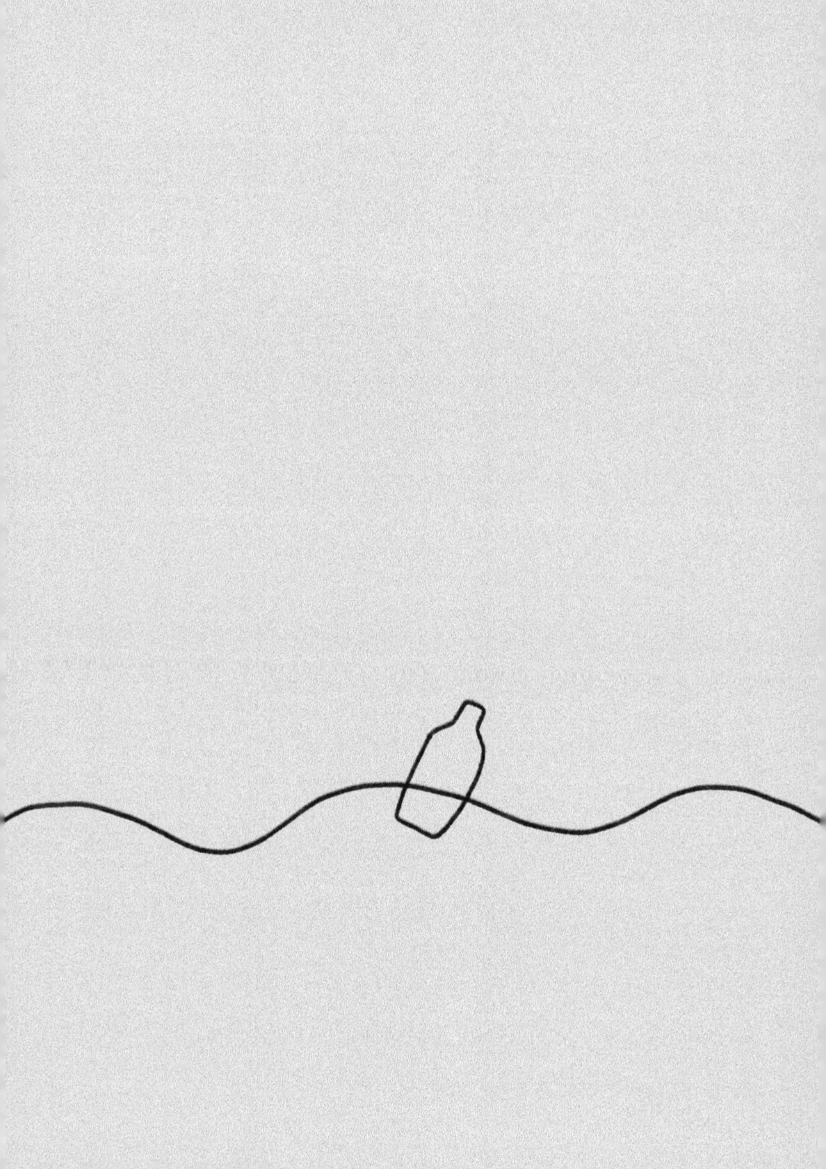

또 다시 당신에게 _epilogue

어쩌자고 쓰는 것인지 모를 시작이었습니다.

당신에게 닿기 위해 보내면 혼자만의 고독 속에서 감히
참 행복했습니다.
나의 마음에 조금 더 친절해진 날들이었어요.
덕분에 세상에도 더욱 친절하고 싶어졌습니다.

당신에게 다정을 전하려던 것은 어쩌면 핑계였을지도
모르겠다는 생각이 염치없게도 이제야 드네요.
당신을 위한 거라 속여왔는데 마지막에서야 돌아보니
저를 위한 것이었을지도 모르겠어요.

편지라는 이름으로 쓰인 글들이라 가끔은 모호하고 개인적인
표현에 걸들않을지도 모르겠네요.
어느 점도 이기적인 마음이라 겸송합니다.

고작 이 글들덕에 저는 조금 더 나은 내가 될 수 있었어요.
혼자 숨겨두고 미뤄온 마음들을 들여다봐주셔서 감사합니다.

잠시라도 당신의 곁이 되었다면 참 좋겠습니다.
당신도 누군가에게 당신의 사랑을 쓰겠다는 마음이 들었다면
더할 나위 없이 기쁠 것 같아요.
이 글의 쓸모는 어쩌면 그것일지도 모르겠네요.

사랑과 다정이 자주 당신의 편이기를 바랍니다.
어디서든 늘 평온하시고 건강하세요.
감사합니다. 사랑하기도 하고요. ♡

나의 동그라미였던,

ⓒ 안영희

발행일	2024년 12월 18일
지은이	안영희

인스타그램	@send_myluv
이메일	yhee1218@naver.com

발행처	인디펍
발행인	민승원
출판등록	2019년 01월 28일 제2019-8호
전자우편	cs@indiepub.kr
대표전화	070-8848-8004
팩스	0303-3444-7982

정가 12,000원
ISBN 979-11-6756647-8 (03810)